백영옥

2006년 단편소설 〈고양이 샨티〉로 문학동네신인상을 수상하며 작품 활동을 시작했다. 소설집 《아주 보통의 연애》, 장편소설 《스타일》《다이어트의 여왕》《애인의 애인에게》《실연당한 사람들을 위한 일곱 시 조찬모임》, 에세이 《마놀로 블라닉 신고 산책하기》《곧, 어른의 시간이 시작된다》《다른 남자》《빨강머리 앤이 하는 말》《그냥 흘러넘쳐도 좋아요》《안녕, 나의 빨강머리 앤》《힘과 쉼》 등을 썼다. 《스타일》로 제4회 세계문학상을 수상했다.

애인의 애인에게

애인의 애인에게

1판 1쇄 인쇄 2026. 2. 12.
1판 1쇄 발행 2026. 2. 25.

지은이 백영옥

발행인 박강휘
편집 방지민·김성태 **디자인** 박주희 **마케팅** 정희윤 **홍보** 박상연
발행처 김영사
등록 1979년 5월 17일(제406-2003-036호)
주소 경기도 파주시 문발로 197(문발동)(10881)
전화 마케팅부 031)955-3100 편집부 031)955-3200
팩스 031)955-3111

값은 뒤표지에 있습니다.
ISBN 979-11-7332-533-5 03810

홈페이지 www.gimmyoung.com
블로그 blog.naver.com/gybook
인스타그램 instagram.com/gimmyoung
이메일 bestbook@gimmyoung.com

좋은 독자가 좋은 책을 만듭니다.
김영사는 독자 여러분의 의견에 항상 귀 기울이고 있습니다.

애인의
애인에게

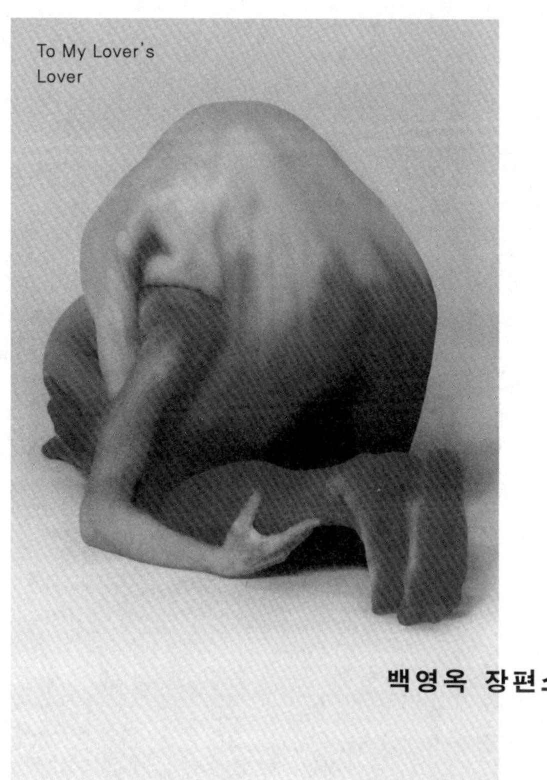

백영옥 장편소설

김영사

차 례

1

정인

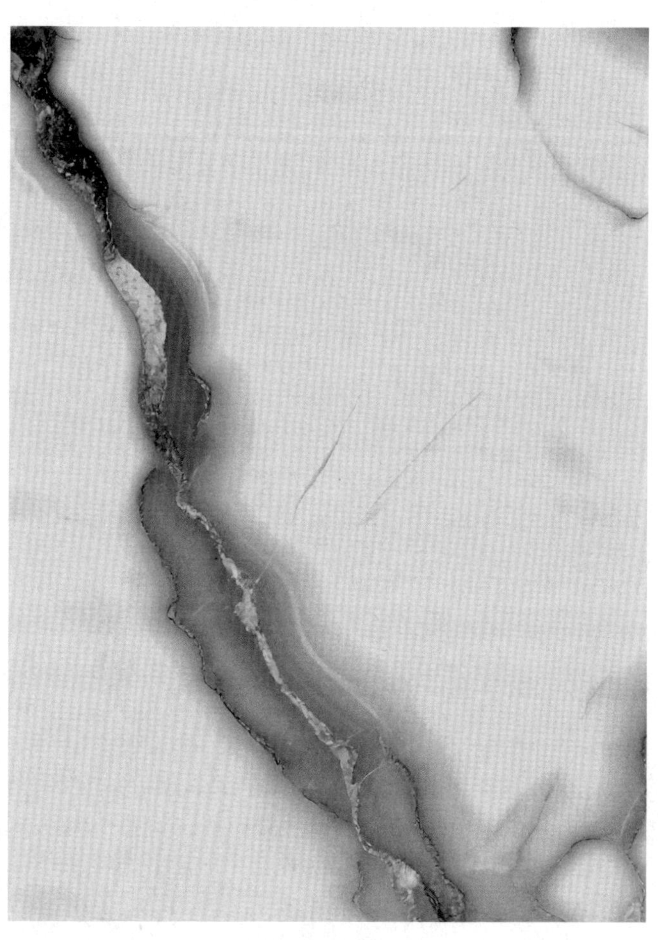

01

집은 세 겹으로 잠겨 있었다.

그녀가 내게 준 열쇠는 모두 세 개였다. 건물 출입문 열쇠, 집 대문 열쇠, 우편함 열쇠. 첫 번째 열쇠를 돌려 흰색 페인트 칠이 군데군데 벗겨진 문을 열면, 문고리가 망가진 문이 눈앞에 나타났다. 백삼십 년이나 됐다는 집의 문고리를 열면 삭은 나무 냄새가 코끝을 누르듯 스쳤다. 3층까지 계단을 오르는 동안 쉬지 않고 삐그덕대는 소리가 들렸다. "집으로 바로 들어가는 대문 열쇠에 푸른색 하트 모양의 스티커가 붙어 있어요." 마지막으로 통화했을 때, 그녀는 내게 열쇠 구별하는 법을 알려주었다. 나는 열쇠를 바라보았다. 열쇠를 쥔 엄지손가락이 수없이 문대져 희미해진 푸른색 하트 스티커가 붙어 있었다.

1) 12월 24일에 돌아옵니다. 열쇠는 낮 12시 이전에 1층 주인집에 맡겨주세요.

2) 침대와 베개 시트를 집 근처 Jenny Cleaners에 맡겨 세탁해주세요.

3) 냉장고 안에 있는 음식은 전부 드셔도 됩니다.

4) 낡은 집이라 전기 배선이 좋지 않습니다. 전기밥솥과 전자레인지, 토스터나 헤어드라이어를 동시에 사용할 경우 퓨즈가 나갈 수 있습니다.

5) 우편물이 넘칠 경우 비워주세요.

문을 열고 집에 들어섰을 때 냉장고에 붙어 있는 포스트잇에는 '주의 사항'이라고 적혀 있었다.

그가 쓴 것은 아니었다. 그가 노트에 쓴 글씨를 본 적이 있다. 잘 나오지 않는 볼펜으로 쓴 것 같은 가늘고 긴 글자들이었다. 검은색 몰스킨 노트에는 알 수 없는 단어와 추상화된 기호, 그림 들이 뒤섞여 있었다. 누군가 자신의 노트를 훔쳐볼지 모른단 생각에 사로잡힌 사람이 쓴 것처럼 보이기도 했다. 하지만 포스트잇에 쓰인 글은 달랐다. 글자는 정갈했고 한글 맞춤법에 신경을 쓰려 한 흔적이 보였다. 내용도 구체적이었다. 두 달 전, 서블렛을 구하는 사이트에 올라온 집 설명 역시 그랬다.

윌리엄스버그. 베드포드 지하철역에서 8N 방향, 도보로 2분 거리. 동남향 3층. 지하철 L라인. 맨해튼까지 한 정거장. 한 달 렌트 3000달러. 가구와 침구, 식기 포함. 금연의 여성 구함. 보증금 1000달러. 인터뷰는 전화로 대신합니다.

윌리엄스버그의 베드포드는 이제 카페와 레스토랑, 바가 더 들어설 자리 없이 밀집해 있었다. 부동산 폭등세는 심각해졌다. 월세는 지금 내가 살고 있는 집의 두 배가 넘었다. 하지만 나는 서블렛 사이트에서 글을 확인한 후, 바로 전화를 걸었다.

전화를 받은 건 그녀였다. 나는 한 달 동안 쓸 집을 구하고 있다고 말했다. 그 한 달 동안 새로 이사할 집을 구해야 한다는 말도 잊지 않았다. 여행자가 아닌 유학생이 왜 서블렛을 구하려고 하는지 이유가 있어야 했다.

"보증금은 1000달러예요. 이전에 서블렛을 놨다가 전자레인지를 고장 낸 사람 때문에 고생한 적이 있어요. 이건 제 조건이 아니라 제 룸메이트 조건이니까 보증금이 부담스러우면 얘기하세요."

그녀가 아닌 다른 사람의 조건이라면 그가 내건 조건일 것이다.

"어차피 돌려받을 돈이잖아요?"

내가 말했다.

서블렛은 누군가에게 빌린 것을 다른 사람에게 빌려주는 걸 의미했다. 빌린 것을 다시 빌려주는 이런 미국식 제도는 유독 긴 여름방학 동안 고국에 돌아가거나 여행을 떠나는 유학생들이 많기 때문에 생긴 것이었다.

"물론이죠."

그녀의 목소리는 가늘지만 낮은 편이었다. 말끝에 짧은 한숨이 이어지다 뚝 끊어졌다.

가끔 그녀의 얼굴을 상상했다. 그와 그녀가 함께 저녁을 만드는 모습을, 그녀가 보르도 와인을 졸여 스테이크용 소스를 만들고, 그가 뒤에서 그녀를 끌어안아 그의 왼쪽 심장과 그녀의 심장이 나란히 포개어지는 모습을, 그들이 서로의 목덜미에 키스하고 셔츠를 끌어 내려 성급히 부엌의 차가운 바닥 위에서 사랑을 나누는 모습을 말이다.

그를 사랑했던 여자, 그와 이 년째 동거 중인 여자, 그리고 그가 다른 여자를 사랑한다는 사실을 전혀 모르는 사람. 내가 그녀에 대해 알고 있는 건 그 정도였다.

"이정인. 한국 이름이군요."

그녀가 말했다.

"미국 이름은 따로 짓지 않았어요. 제니퍼나 그레이스면 어쩐지 저일 것 같지 않아서. 마리는 프랑스 이름인가요?"

"아뇨."

그녀가 잠시 말을 멈췄다.

"보증금은 500달러만 받을게요. 아무래도 너무 많은 것 같네요."

나는 알았다고 답한 후 전화를 끊었다.

02

집은 긴 레일로드 형태였다.

집세로 악명 높은 뉴욕이나 홍콩에선 흔한 형태였다. 하지만 방마다 밖으로 나가는 문이 달려 있는 건 특이했다. 주인이 오래된 집을 렌트 전용으로 바꾸며 여러 개의 방으로 개조하는 과정에서 생긴 복잡한 구조 같았다.

한쪽 방에는 책상과 모니터, 사진을 뽑을 수 있는 대형 프린터가 놓여 있었고, 편백나무 책장 안에는 사진집과 다양한 종류의 화집, 책이 꽂혀 있었다. 나는 책장 주위를 둘러보았다. 유학생들의 집에서 흔히 보이는 저렴한 이케아 가구들은 보이지 않았다. 가구는 취향이 분명한 사람이 고른 듯 느릅나무 계통의 빈티지풍이었다. 살만 루슈디의 《한밤의 아이들》, 오르한 파무크의 《순수 박물관》, 루이스 캐럴의 《이상한 나라의 앨리스》와 아니 에르노의 《단순한 열정》……. 책장 끝에는 스트랜드 서점 마크와 16달러 가격표가 붙어 있는 마그리트와 호퍼의 화집이 놓여 있었다.

나는 《순수 박물관》을 펼쳤다.

그가 지하철에서 읽고 있던 책이었다. 그날 그의 옆에는 등과 배에 칼이 꽂힌 뚱뚱한 배트맨이 앉아 있었다. 핼러윈을 이틀 앞둔 날이라 맨해튼으로 나가는 지하철 안에는 핼러윈 분장을 한 뉴요커들로 북적댔다. 사람들이 서로의 얼굴을 보며 키득대고 있을 때, 그는 분홍색 어그부츠를 신고 스티로폼으로 만든 커다란 십자가를 짊어지고 있는 나사렛 예수와 흑인 배트맨 사이에 앉아 있었다.

그때 그의 눈에 눈물이 고였다. 나는 공공장소에서 책을 읽다가 우는 남자를 본 적이 없었다. 나는 그에게 조심스레 한 걸음 다가갔다. 그의 눈물을 닦아주고 싶었다. 조금씩 떨리는 무릎의 진동을 내 손끝으로 멈추고 싶었다.

그날 밤 집에 돌아가자마자 《순수 박물관》을 아마존에서 주문했다. 단숨에 읽어내린 책은 삶의 조건이 뒤바뀌는 어느 순간을 이야기하고 있었다. 그것은 한 여자와 사랑에 빠지고,

그 여자 때문에 모든 게 완벽했던 삶에 균열이 생기는 찰나에 대한 이야기였다.

나는 소설 속 주인공처럼 그가 읽었을 책을 가슴에 안았다. 손끝으로 책장을 넘기며 그가 묻혔을 지문들을 떠올렸다. 《순수 박물관》의 321페이지에는 서점 이름이 적힌 책갈피가 꽂혀 있었다. 어쩌면 그는 이 책을 끝까지 읽지 않은 건지도 모른다. 내가 알고 있는 결말을 그는 알지 못할는지도.

책장 앞을 서성이다 닫혀 있던 문 하나를 열었다. 철제 프레임으로 만들어진 침대와 칼에 긁힌 자국이 선명한 플라스틱 책상이 놓여 있었다. 코스트코 같은 곳에서 사 온 조립식 책상으로 집 안의 가구들과 어울리지 않아 눈에 띄었다. 나는 손끝으로 침대 프레임에 움푹 팬 자리를 만졌다.

그가 앉았을 의자에 앉아 그가 마주했을 책상을 바라보았다. 책상에는 '木木'이라고 적힌 의미를 알 수 없는 푸른색 포스트잇 하나가 붙어 있었다. 단어가 적힌 포스트잇을 떼어 주머니 속에 넣었다. 침대 쪽으로 걸어갔다. 침대 위에는 두 개의 베개와 커다란 쿠션 하나가 삼각형 모양으로 놓여 있었다. 천장 위를 바라보자 세 개의 전구가 비어 있는 샹들리에가 반짝였다. 모든 게 제자리에 놓여 있는 듯했다. 나는 메고 있던 배낭을 침대 옆에 내려놓고 천천히 숨을 내쉬었다.

성주. 마리. 나.

성주를 사랑하기 시작한 지 팔 개월 만에 나는 그의 집에 와 있다.

03

지난봄, 우리는 NYU 부설 아카데미에서 함께 강의를 들었다. '실패한 예술가들'이라는 부제가 붙은 강의에서는 토론이 시작되기 전, 30분 정도 다양한 미술가와 사진가의 작품 활동에 대한 사적인 이야기를 들을 수 있다는 소문이 돌았다.

"과제 끝나는 기간이잖아. 돌아가면서 자기 작품도 발표하고 작가들도 만나면 인맥 관리에도 도움될 것 같지 않아? 난 이게 성공이 아니라 실패에 대한 얘기라서 더 마음이 가던데. 훨씬 더 실용적이잖아."

사촌 언니의 인스타그램에서 강의 정보를 알아낸 건 룸메이트인 메이였다. 메이는 재일교포 3세였지만 한국말은 하지 않았다. 나는 말없이 메이를 바라봤다. 긍정도 부정도 아니었다. 메이는 말 없는 상태의 나를 좋아했다. 내가 계획 같은 걸 미리 세우지 않는 사람이라는 건 그녀도 알고 있었다. 어린 나이에 결혼했던 것도, 이혼했던 것도, 다니던 회사에 사표를 쓰고 유학을 온 것도 전부 계획에 없던 일이었다.

"사촌 언니가 한 달에 한 번 그곳에서 강의를 하게 됐나 봐. 첼시에서 활동하는 잘나가는 독립 큐레이터거든. 어제 잠깐 통화했는데 나한테도 재밌을 거라고 들어보라 하더라."

그러나 3주 후, 강의에 나간 건 시각디자인을 공부한 메이가 아니라 나였다. 파주출판단지 안에 있던 대형 출판사 편집자로 일하던 내가 한 번도 만날 일이 없던 비주얼 아티스트들이나 듣는 강의에 나간 것은 비자 때문이었다.

당시 나는 비자를 유지하기 위해 일 년 동안 기러기 엄마들과 함께 교육심리학 강의를 들었다. 그들 사이에서 가장 열띤 테마는 아이들 대학 보내기와 현지에서 만난 남자 이야기였다. 나는 대화에서 자주 소외됐다. 그 무렵 서른 살 생일을 맞이했다. 혼자 생일 케이크의 촛불을 끄던 순간, 내가 지난 이 년 동안 누구도 좋아하지 않았다는 사실을 깨달았다. 내겐 남편도 아이도, 남자도 불륜도 없었다.

사람을 좋아하지 않아서 생기는 외로움과 사람을 좋아해

서 생기는 서러움 중 어느 것이 더 힘든 건지 모르겠다. 그러나 내 감정이 외로움인지 그리움인지, 절망인지 슬픔인지 구별할 수 없을 때 이혼 도장을 찍은 건 분명했다.

메이는 누구든 사랑하지 않고선 한순간도 살 수 없다고 선언하듯 말하곤 했다. 하지만 사랑이 끝나면 누구도 사랑하지 않겠다는 다짐으로 헤어진 남자의 첫 번째 이니셜을 자신의 목뒤에 새겨 넣었다. 알파벳이 열한 개로 늘어났을 때, 그녀는 내게 그것을 사진으로 찍어달라고 부탁했다.

열한 명의 남자. 열한 번의 이별. 그녀는 남자들의 이니셜 사진을 인스타그램 프로필로 걸어놓았다.

"메이, 문신은 쉽게 지울 수 없어."

"그래도 몸에 담배빵 만드는 것보단 문신이 더 뉴욕적이잖아?"

메이의 말대로 모든 사랑은 우연인 걸까. 내가 알고 있는 건 누구도 지금 벌어지고 있는 일이 어떤 의미로 되돌아올지 모른다는 것뿐이었다. 싫었던 사람이 불현듯 좋아지는 건 의지와 상관없었다. 강의실에서 그와 내가 나란히 맨 뒤에 앉아 있었던 것도, 그의 아이폰과 내 아이폰이 바뀌었던 것도, 핸드폰에 저장된 그의 글을 읽는 순간 그가 좋아진 것도.

두 번째 그를 봤을 때, 그는 정신없이 셔터를 누르고 있었다. 나는 그가 벽을 타고 자라 있는 아이비를 찍고 있다고 생각했다. 하지만 그는 빛을 찍고 있었다. 빛의 형태를 프레임 안에 가두고 그것을 소리로 채집하는 게 그의 관심사였다.

"미스터 섀도!"

몇몇 사람들은 그를 별명으로 불렀다.

뉴욕에 와서야 나는 세상이 생각보다 더 복잡하다는 걸 알았다. 아버지와 어머니의 인종이 다를 수 있고 그것으로 인해 다양한 혈족 관계가 생길 수 있다는 사실 말이다. 머리카락과 눈동자 색깔이 따로 명시되어 있는 운전면허증을 보는 일이나, 다양한 억양의 영어를 듣는 일에 익숙해지기까지 꽤 많은 시간이 걸렸다. 그것은 때로 내게 식어버린 에스프레소에 커다란 각설탕 하나를 넣어 스푼으로 휘저어 전부 녹이는 일처럼 느껴졌고, 뉴욕 지하철이 서울 메트로만큼 쾌적해지길 바라는 일처럼 불가능하게 느껴지기도 했다. 그래서 메이가 사촌 언니 얘기를 했을 때 나는 그녀가 일본인일 거라고 생각했다.

김수영

그녀는 첫 강의에서 자신의 이름을 보드에 썼다. 그 이름이 한국에서 전위적이고 강렬한 시를 썼던 시인의 이름이기도 하며, 영어로 'Swimming'을 뜻한다고 설명했다. 한국에선 아이가 태어나면 사주라는 강력한 삶의 지도를 찾아주는데, 자신의 사주에는 물을 뜻하는 '水'가 네 개나 있다는 말도 덧붙였다. 그녀는 자신이 물을 좋아하고 하루에 4리터가 넘는 물을 마신다고도 말했다. 그러니 자신과 친해지려면 화장실에 자주 들를 각오를 하는 게 좋을 거란 농담을 했다.

나는 환하게 웃는 그녀의 얼굴을 바라보았다.

어둠이 생기는 건 필연적인 빛 때문이다.

빛을 찍는 성주에게 그림자라는 별명을 지어준 건 메이의 사촌 언니 수영이었다.

04

냉장고 문을 열었다.

'Cage Free'라고 적힌 종이 박스 안에는 달걀 세 개와 브루클린 라거 세 병이 남아 있었다. 가스레인지의 스위치를 돌리고 물을 끓였다. 삶은 달걀 세 개와 브루클린 라거 세 병. 저녁 식사로 나쁘지 않았다. 아이폰을 아래쪽 단자에 꽂아야 소리가 나는 구식 BOSE 스피커의 볼륨을 높였다. 계절이 바뀔 때 그가 즐겨 듣는다고 말했던 카를라 브루니의 노래가 흘러나왔다. 식료품으로 가득 차 있던 냉장고는 내가 머문 나흘 동안 거의 비어버렸다.

맥주 한 병을 따고 그들의 방을 산책했다.

언제 헤어질지 모를 연인들의 방은 주중의 한적한 공원처럼 느껴졌다. 나는 가끔 돌부리에 걸린 사람처럼 걸음을 멈추고 눈을 감았다. 5분쯤의 시간이 흐른 후, 눈을 뜨고 그의 입술이 닿았을 컵과 머리카락이 스쳤을 베개와 책을 살폈다. 손으로 직접 만지지는 않았다. 흔적들이 사라져버릴까 두려움이 가득한 고고학자처럼 나는 그저 주변을 맴돌았다. 방의 어떤 곳은 위험구역처럼 느껴졌다. 나는 방 안이 그대로 보존되길 바랐다. 청소는 하지 않았고, 햇빛 속의 먼지가 날아오르는 한낮의 풍경 속에 자주 서 있었다.

그 집에서 지내는 동안 정체불명의 멍이 생겼다. 늘 조심스레 다녔기 때문에 어딘가에 부딪힌 기억은 없었다. 자고 일어나면 무릎과 팔의 보라색 멍 자국은 더 선명해졌다. 어느 날부터 그것이 내 몸에 생긴 그림자처럼 보였다. 눈을 감으면 몸 안의 멍이 다리와 발가락 밑을 흘러 조금 기울어진 이 집의 나무 바닥을 적시는 것 같았다. 늘 발밑이 젖어 있는 느낌이었다. 수건으로 발을 닦아도 발에선 습기가 가시지 않았다.

가스레인지 옆에 서서 달걀이 익길 기다렸다. 달걀을 찬물로 씻고 껍질을 깠다. 매끈하게 반짝이는 표면을 햇볕에 비추었다. 만약 사랑도 막 까놓은 삶은 달걀의 표면 같다면 어떤 균열 없이 평온할 것이다.

강의실에서 성주는 수영을 종종 그런 눈빛으로 바라봤다. 상대방이 전혀 볼 수도, 인식할 수도 없다는 점에서 그것은 말갛게 투명했다. 나는 우리 세 사람의 시선이 조금도 부딪히지 않고 뻗어나가는 풍경을, 가망 없는 사랑에 빠진 젊은 남자 특유의 조급함을 낱낱이 목격했다. 그러므로 매혹이 자신이 숭배하는 대상의 냉담함에서부터 나온다는 것도 알았다. 강의실에서 자신의 작품을 발표할 때 그가 말했다. 희망 없이 사람을 사랑하는 일이 가능하다는 걸 얘기하고 싶었다고, 이루어지지 않는 사랑만이 순수한 고통을 주고, 고통만이 예술의 심장을 찌를 수 있다고 말했다. 자신의 몸에 상처를 만들고 그것을 날인하고 증언하는 것이 예술가의 책무라고 말할 때, 성주의 눈은 수영의 뒷모습을 바라보고 있었다.

이 집에 들어온 건 충동적인 결정이 아니었다. 누군가의 뒷모습을 찍는 사람은 누군가의 뒷모습을 바라보는 사람을 알아보기 때문이었다. 비 오는 날 찍힌 그의 발자국에 자신의 발을 대본 적 있는 사람은, 좋아한다는 말 대신 그녀의 립스틱 자국이 희미하게 찍힌 머그잔 위에 자신의 입술을 대본 사람이라면, 어떤 것으로도 멈춰지지 않는 그것을 사랑이라 부를 것이기 때문이었다.

다른 여자와 살고 있는 남자를 짝사랑한 건 내가 원한 일이 아니었다. 그녀 역시 그랬을 것이다. 나는 그가 앉아 있던 의자에 앉았다. 발꿈치를 들자 이내 무릎이 떨렸다. 그의 키에 맞춰진 의자는 생각보다 높았다. 그녀 역시 그랬을까. 나는 그녀와의 마지막 통화를 떠올렸다.

"서블렛을 주는 건 이번이 마지막일 거예요. 깨끗하게 써주세요. 남편이 까다로운 사람이에요."

05

집은 그의 세계보다 그녀의 것에 가까웠다.

나는 낡은 창틀에 걸린 하얀색 커튼을 바라보았다. 커튼을 흔들자 햇빛 사이로 먼지가 털려 나왔다. 집 안 먼지의 대부분이 사람의 몸에서 떨어져 나온 각질 때문이란 기사를 본 기억이 났다. 이 집의 먼지 역시 내 몸이 만든 것일 터였다.

커피잔이 들어 있는 찬장의 유리창을 바라봤다. 가지런한 식기와 '12곡물선식'이라고 적힌 봉투, 유기농 밀가루, 현미와 검은콩이 들어 있는 병의 숫자들을 헤아렸다. 누군가 물건의 위치를 조금만 옮겨도 집 안의 모서리가 기울 것 같았다. 수건이나 탁상시계, 화병은 그곳이 반드시 자기 자리여야 한다고 주장하고 있었다. 책은 제목이나 저자, 장르에 상관없이 표지 색깔과 키 순서로 정리되어 있었고, 신발은 굽 높이에 따라 구별되어 있었다.

집 안에는 그녀만의 분류표가 존재했다. 나는 신발장을 열어 유독 굽이 높은 그녀의 구두를 바라보았다. 서랍장을 열면 흰색 속옷과 양말, 머플러가 소재별로 각을 맞춰 정리되어 있었다. 흰색을 선호하는 사람 특유의 강박이 집 안에 가득했다. 그녀는 빨래를 좋아하는 사람일 것이다. 빨고 또 빨아도 계속 빨 것이 쌓이는 사람…….

처음의 계획이 흐트러졌다. 그가 컴퓨터에 기록한 즐겨찾기 목록이나 숨겨놓은 편지, 오래된 일기장이 아니라 다른 것들이 조금씩 내 마음을 움직였다. 물건을 통해 그의 취향과 습관을 발굴하려던 계획은 중단됐다. 외도 중인 남자 특유의 조심성이 그의 주변을 감싸고 있었다.

그러므로 짜다 만 스웨터가 담긴 바구니 안에서 내가 발견한 편지는 성주의 것이 아니라 마리의 것이었다. 그것은 절박한 사람이 자신을 헤아릴 틈 없이 써 내려간 글이었다. 애처로울 만큼 노골적이었고, 그래서 읽는 사람의 마음까지 너덜대게 했다. 편지는 세 부분으로 찢어져 접혀 있었다.

그것은 물로 시작되는 편지였다.

나를 사랑해줘, 사랑해줘, 사랑해줘, 사랑해줘, 사랑해줘, 사랑해줘, 사랑해줘,

사랑해줘, 사랑해줘, 사랑해줘, 사랑해줘, 사랑해줘, 사랑해줘, 사랑해줘, 사랑해줘, 사랑해줘, 사랑해줘, 사랑해줘, 사랑해줘,

넌 늘 나를 젖게 해. 네 입술이 내 그것에 닿을 때마다 나는 강물이 되어 흘러가는 것 같아. 네가 키스할 때마다 나는 뜨거운 눈물이 되어 마를 것 같아. 당신이 내 얼굴을 바라보며 울었을 때, 나는 네 눈물이 되어 증발해버렸어. 너 때문에 나는 자꾸만 흘러가고, 사라져버려. 그러니까 당신이 나를 좋아했으면 좋겠어. 당신이 나를 다시 사랑했으면, 당신이 내 곁을 떠나지 않았으면, 우리가 헤어지지 않았으면…… 절대 헤어지고 싶지 않아. 당신이 날 떠나면 난 곧 말라버리고 말 거야. 아니, 죽고 말 거야. 널 사랑해…… 제발. 영원히 널 사랑할 거야, 사랑할 것 같아, 그래서 끔찍해, 널 사랑해…….

사랑해줘, 사랑해줘, 사랑해줘, 사랑해줘, 나를 사랑해줘, 나를 더 사랑해줘,

사랑해줘, 사랑해줘, 사랑해줘, 사랑해줘, 사랑해줘, 사랑해줘, 사랑해줘, 사랑해줘, 사랑해줘, 사랑해줘, 사랑해줘…………

편지의 모서리는 처음부터 끝까지 '나를 사랑해줘'라는 문장들로 채워져 패턴처럼 편지의 가장자리를 장식하고 있었다. 썼다가 지우고, 지웠다가 찢어버린 편지의 형식이 말하는 건 한결같았다. 그것은 '나는 너를 사랑하는데 너는 왜 나를 사랑하지 않는가'라는 눈물겨운 고백인 동시에 분노에 찬 질문이었다. 잘못 누른 리플레이 버튼처럼 반복되고 있었고, 반복되는 것들 특유의 숙명을 가지고 있었다. 반복될수록 멀어지고, 반복될수록 희미해지고, 반복될수록 그 힘으로 점점 더 빨리 사라져버리는.

창밖으로 건너편 집에서 키우는 고양이 한 마리가 보였다. 어두워지면 잘 보이지 않을 검은색이었다.

나는 그녀가 짜다 만 스웨터를 잡아 올렸다. 꼭 자라지 못해 멈춰버린 사람의 몸처럼 보였다. 나는 스웨터를 손가락 끝으로 쓰다듬었다. 몸통은 제법 모양을 갖추고 있었지만, 아직 연결되지 못한 팔은 공중에서 흔들리는 미완의 팔다리 같았다. 스웨터의 가슴 부분은 안뜨기를 하면서 너무 잡아당겨 틈없이 결이 빳빳해져 있었다. 하지만 왼쪽 팔의 윗부분은 엄지손가락이 들어갈 만큼 헐거웠다. 어떤 순간은 강하게, 어느 순간은 느슨하게 마음을 풀고 조였을 여자의 마음이 스웨터에 일기처럼 적혀 있었다.

서머타임이 끝난 11월 뉴욕, 어둠은 생각보다 늘 빨리 찾아왔다. 언제 어두워졌는지 모른 채 밤이 지나가는 날이 많았다. 어둠 속에서 나는 한쪽엔 스웨터를, 한쪽에는 그녀가 쓴 구겨진 편지를 든 채 서 있었다. 뉴욕에 오기 전 남편과 마지막 통화를 하고 이렇게 서 있었던 기억이 났다. 발등에 못이라도 박힌 듯 움직일 수 없었다. 언제 어둠이 왔는지도 기억에 없다.

신혼 시절 돌아오지 않는 남편을 기다리며 스웨터를 뜬 적이 있다. 불안하고 불균형한 시간들이 따뜻한 가을 스웨터가 될 수 있다면 그 사랑도 나쁘진 않을 것이라 자위하면서. 사랑하지 않는 게 아닌데도 무력하게 모든 관계가 끝날 수 있다는 걸 받아들이기 힘든 이 년이었다.

나는 가까스로 책상까지 걸어가 초록색 뱅커스 스탠드를 켰다. 빛이 들어오자 잠복했던 어둠이 물러나며 멀리서 출렁였다. 나는 빛을 좇으며 그녀가 정리한 것들을, 이름표가 붙어 있는 병의 숫자나 커튼 끝에 수놓인 하트를 세었다. 신발장을 열고 그와 그녀의 신발들을 관찰했다. 마흔다섯 개의 하트와 열일곱 켤레의 신발, 이 집은 키가 큰 누군가에게 닿기 위해 유독 발꿈치를 들어 올린 사람이 가지는 위험천만함으로 가득 차 있었다.

06

성주의 집에 온 지 이 주가 지나고 있었다.

시간은 이제 흐르지 않았고 먼지처럼 쌓여갔다. 나는 더 이상 시계를 보지 않았다.

12월 14일. 집 밖으로 나가기 위해 그의 운동화로 갈아 신었다. 발이 커다란 운동화 속에 잠긴 기분이었다. 낮 기온이 16도를 넘어서는 봄 같은 겨울이었다. 헐렁한 신발 때문에 움직일 때마다 발가락 사이로 바람이 들어왔다. 걸음을 멈추고 그의 운동화를 바라보았다. ×자가 아닌 一자 모양으로 신발 끈이 가지런히 묶여 있었다. 〈걷는 밤〉이라는 그의 사진이 떠올랐다. 두 개의 그림자가 땅바닥에 포개져 커다란 발 모양처럼 보이는 사진이었다.

동네 빵집에는 크리스마스 케이크를 예약 판매한다는 광고가 붙어 있었고, 대형 크리스마스트리와 크리스마스 70퍼센트 세일을 알리는 현수막이 걸린 빈티지 가구점 앞에는 긴 줄이 보였다. 집에서 가장 가까운 윌리엄스버그 푸드에서 브루클린 라거 세 박스와 동물복지 달걀 한 박스, 구운 아몬드 한 통을 샀다. 주머니가 없는 옷을 입고 나오느라 남은 동전은 계산원에게 팁으로 주었다.

내가 아는 윌리엄스버그에는 아빠 운동화를 잘못 신고 다섯 살짜리 아이처럼 어기적대며 걷는 여자를 관심 있게 지켜보는 사람은 없다. 지하철 L라인에서 쏟아져 나오는 사람들도, 신호를 무시하고 무단횡단하는 사람들도, 제 갈 길이 급해 걸음이 빨라지는 동네였다. 하지만 비좁은 나무 계단 위를 아슬아슬하게 걷는 동안 그곳의 세입자 한 명이 나를 바라보며 "도와줄까?"라고 외치는 소리를 들었다. 나는 "괜찮아. 고마워!"라고 소리 질렀다. 타인의 질문에 분명히 대답한 건 꽤 오랜만의 일이었다.

살면서 누군가의 도움을 받는 건 근사한 일이다. 지하철에서 무거운 짐을 들어주는 사람을 만나거나, 찾기 힘든 책을 단번에 찾아주는 사람을 만나거나, 낯선 도시에서 길을 잃었을 때 함께 걸어주는 뜻밖의 사람을 만나는 일 말이다.

성주는 길 잃은 내게 길을 알려주었다. 맨해튼 이곳저곳이 보수공사 중이었다. 39번가부터 긴 거리를 우리는 공사 소음 속에서 말없이 걸었다. 침묵이 전혀 어색하지 않았다. 우리는 30번가의 좁은 계단을 함께 걸어 올라갔다. 그때 나는 그의 왼쪽에 있었다. 숨소리가 더 잘 들리는 쪽이었다. 그녀도 알고 있었을 것이다. 그래서 언제나 그의 왼쪽에 자신의 몸을 뉘었을 것이다. 그의 왼쪽에서 일하고 그의 왼쪽에서 말하고 그의 왼쪽에서 사랑을 나눴을 것이다. 왼쪽 베개에 붙어 있던 곧고 긴 머리카락을 떼어내며 나는 곧 사라져버릴지 모를 그녀의 왼쪽 세계를 상상했다.

사랑이 여간해서 멈춰지지 않는 것이라면 이별은 어떨까.

둥글게 말린 회색 실뭉치와 뜨다 만 스웨터를 몇 번이고 바라보았다. 그 스웨터를 손에 쥐면 집 안의 사물들이 내게 끝없이 속삭이던 소리는 사라졌고 풍경은 일시에 정지됐다. 나는 점점 성주에 대한 발굴을 포기했다.

부치지 못한 편지와 스웨터가 놓여 있던 삼나무 바구니 안에는 회색과 붉은색, 주황색과 올리브그린 털실이 가득 들어 있었다. 박스 안에서 나는 무릎 밑까지 내려가는 커다란 스웨터를 꺼내 몸 위에 조심스레 대보았다. 예정대로 완성됐다면 그것은 성주의 크리스마스 선물이 되었을 것이다. 나는 그녀가 스웨터에 짜려다 멈춘 그림들을 상상했다. 뜨지 못한 스웨터는 누군가의 잘려 나간 몸통 같았다. 연결되지 못한 팔 부근에선 유독 낡은 먼지 냄새가 났다.

마르지 않은 눈물 냄새가 이런 걸까.

나는 실뭉치에 꽂혀 있던 바늘을 손에 쥐었다. 누군가 멈춘 일을 다시 시작하는 일. 털실에 묻어 있던 눈물 자국을 좇아 읽는 일. 짜 넣었던 실을 풀어 그것의 처음과 끝을 다시 잇는 일, 완성되지 않은 스웨터를 다시 짜는 일, 그것이 지금 내가 하려는 일이었다.

07

낮에는 성주가 읽다 만 책들을 찾아 읽었다. 그가 밑줄을 친 곳은 두 번 더 읽었고, 그가 모퉁이를 접어놓은 곳의 글은 가져간 노트에 필기했다.

밤에는 마리가 뜨다 만 스웨터를 떴다. 새벽 2시에 의자에 앉아 24시간 컨트리 음악이 나오는 라디오 방송을 듣기도 했다. 뜨개질이 잘되는 날에는 낮밤이 바뀌었고, 그런 날엔 낮에 읽던 책의 문장들이 밤에 짜다 만 뜨개질 위에 노곤한 잠처럼 꾸벅꾸벅 쏟아져 내렸다.

뜨개질을 하다가 메이에게 전화가 오면, 그녀가 만나고 있는 대만인 남자 친구에 대해 들었다. TSMC에서 일한다는 그와 함께 굽다가 실패한 레드벨벳 케이크 얘기도 들었고, 새벽 늦게까지 여는 맛있는 우육탕면 집을 발견했다는 얘길 듣는 중간에 메이의 사촌 언니 수영의 소식도 들었다. 수영이 내년 봄이면 남편과 함께 한국으로 돌아가 대학에서 강의를 맡게 될 것이란 얘기였다. 나는 메이에게 수영이 아이를 가졌다는 얘기도 들었다. 집안의 혈통을 이어받았다면 쌍둥이일 가능성이 높다는 얘기도.

12월 셋째 주, 윌리엄스버그의 밤은 조금씩 길어졌다.

나는 점점 더 많은 시간을 뜨개질로 보냈다. 새로 뜬 디자인 도안을 바라보다가 맥주를 마셨고 의자에 앉은 채 짧게 잠들었다. 아침이면 달걀을 삶았고, 저녁이면 두 개씩 먹었다. 쌉쌀한 브루클린 라거가 목을 적실 때마다 마리를 생각했다. 잠이 오지 않는 밤, 마리가 스웨터를 뜨면서 떠올렸을 성주의 뒷모습을 그렸다.

나는 헤어질지 모를 오랜 연인들을 생각했다. 코와 코 사이에 털실을 끼워 넣으며 혼자서 누군가를 좋아하는 일에 대해 묵상했다. 사람들은 짝사랑이 한 사람을 혼자서 좋아하는 일이고, 그렇기 때문에 어떤 결과 없이 허망하게 사라져버린다고 믿는다. 하지만 그렇지 않다. 짝사랑은 '너는 누구인가'라는 진지한 질문이지만, 한편 '그렇다면 나는 누구여야 하는

가'라는 잘못된 질문으로 이어지지는 않는다. 누군가의 마음을 얻기 위해 소요되는 혼란이 이 적요한 사랑 앞에선 어느덧 무의미해진다.

메이와 통화할 때 빼고는 핸드폰을 잘 보지 않았다. 충전은 이따금 했다. 충전기를 연결하고 전원을 켜니 놓친 전화와 메시지가 주르륵 떴다. 서울에서 온 세 통 중 한 통은 전 남편이었다. 아직 그의 번호를 지우지 못했다는 걸 그제야 깨달았다.

건너편 창틀에 검은 고양이 한 마리가 여전히 길가를 내다보고 있었다. 나는 그 누구의 사랑도 이어지지 않는 저녁 속에 앉아 있었다. 그런 것들이 더 이상 서글프지 않았다. 누구도 기억하지 않기 때문에 나 이외의 누구도 상처받지 않을 것이란 점에서 짝사랑은 선한 인간들이 선택하는 자학이며 자책이니까.

스웨터를 다 뜨려면 두꺼운 털실처럼 밤이 더 길어져야 했다. 나도 모르게 그들을 위해 몇 년 동안 밤잠을 아껴둔 것처럼 잠이 오지 않았다. 배가 고프지도 않았다.

"삶은 달걀과 맥주라고? 뭐야! 탄수화물과 단백질의 균형식이었잖아."

맥주가 보리빵이라고 믿는 메이에겐 맥주는 알코올이 아

니라 변형된 탄수화물이었다.

“일주일 후면 돌아오는 거야? 정인, 그리워. 빨리 와!”

나는 이제 그립다는 말을 자신의 이야길 들어줄 귀가 필요하다는 말로 이해한다. 메이에게 크리스마스 저녁을 그녀의 대만 남자 친구와 함께 셋이 먹겠다고 약속했다.

스웨터는 성주와 마리가 돌아오기로 한 전날 아침에 완성되었다. 분홍색 하트와 작은 리본이 달린 스웨터를 내 몸에 대보았다. 스스로 커다란 스웨터가 되어 누군가의 어깨를 감싸안는 기분이었다. 그것은 난롯가에 앉아 엄마가 딸을 위해 겨울 내내 짜주었을 법한 스웨터였다.

나는 옷걸이에서 스웨터를 꺼내 침대 위에 내려놓았다. 내가 이 집에서 해야 할 일이 있었다면, 그건 마리가 놓고 간 이 스웨터를 원래의 주인에게 되돌려주는 것뿐이었다. 한때 성주의 몸이었을 실을 풀어, 마리의 몸에 다시 입혀주는 일 말이다. 나는 왼쪽 가슴에 하트가 그려진 여자 스웨터를 바라보았다. 그리고 스웨터를 입는 대신 스웨터 사진을 찍었다.

그날, 슈퍼에 들러 브루클린 라거를 샀다. 내가 빌린 맥주의 숫자를 세어보니 세 병이었다. 여섯 병이 들어 있는 박스를 사서 냉장고 안에 넣어두었다. 흰색 동물복지 달걀도 숫자를 맞춰 넣었다. 나는 마리를 위해 우유도 한 팩 샀다.

반나절 동안 집 안의 먼지를 청소했다. 창틀에 묶여 있던 리본도 원래의 매듭대로 묶었다. 잠시 빌렸던 컵과 식기도 놓여 있던 대로 찬장 안에 넣었다. 그녀의 부탁대로 세탁소에 들러 내일 아침 시트를 맡기겠다고 말했다. 이 집에 들어서기 전 내가 보았던 원래의 풍경이 내 눈앞에 놓여 있었다.

마지막으로 성주가 밑줄을 그었던 문장을 옮겨 적은 노트를 태웠다. 나는 불붙은 종이가 까만 재로 흔적 없이 사라지는 걸 바라보았다. 하지만 그가 《순수 박물관》 맨 앞 장에 적어놓은 쉼보르스카의 시 〈한 개의 작은 별 아래서〉의 몇 구절은 쉽게 잊히지 않았다.

> 지나간 옛사랑이여, 새로운 사랑을 첫사랑으로 착각한 점 뉘우치노라.
>
> 먼 나라에서 일어난 전쟁이여, 집으로 꽃을 사 들고 가는 나를 용서하라.
>
> 벌어진 상처여, 손가락으로 쑤셔서 고통을 확인하는 나를 제발 용서하라.*

그가 적은 문장의 마지막 구절은 '모든 전쟁이 끝날 때마다 누군가는 청소를 해야 하리'였다. 나는 마지막으로 책상 옆에 있던 그들의 휴지통을 깨끗이 비웠다.

스웨터를 뜨고 있는 동안, 메이가 사촌 수영이 서울로 돌아가는 걸 진심으로 기뻐한다는 얘길 전해주었을 때, 나는 그녀가 한 번도 뉴욕에 살지 않았다는 걸 깨달았다. 서울은 그녀에게 언제든 돌아가야 할 곳, 고향이었다. 하지만 성주에게 그것은 뉴욕을 떠난다는 말로밖엔 설명할 수 없는 사건이었을 것이다. '돌아가는 것'과 '떠나는 것'이 이토록 다른 의미라면, 그것은 서울과 뉴욕 사이에 생긴 14시간의 시차만큼이나 돌연한 것이었을 터이다.

나는 성주가 지하철에서 《순수 박물관》을 읽으며 흘렸던 눈물을 떠올렸다. 그는 어떤 장면에서 그렇게 눈물이 났던 걸까. 침대 위에 놓인 스웨터를 바라보았다. 스웨터를 입고 편안하게 침대 위에 앉아 있을 마리가 떠올랐다. 스웨터를 들어올려 가슴에 꼭 안았다. 스웨터의 두 팔을 목에 걸고, 어깨를 토닥거리자 이상하게 눈물이 났다. 나는 그에게 작별의 편지를 쓰듯 중얼거렸다.

나는 당신의 집을 떠나는 게 아니에요.

나는 이제 나의 집으로 돌아갑니다.

크리스마스이브 오전이었다.

브루클린에 늦은 첫눈이 내렸다.

* 비스와바 쉼보르스카, 최성은 옮김, 〈한 개의 작은 별 아래서〉, 《끝과 시작》, 문학과지성사, 2016.

2

마리

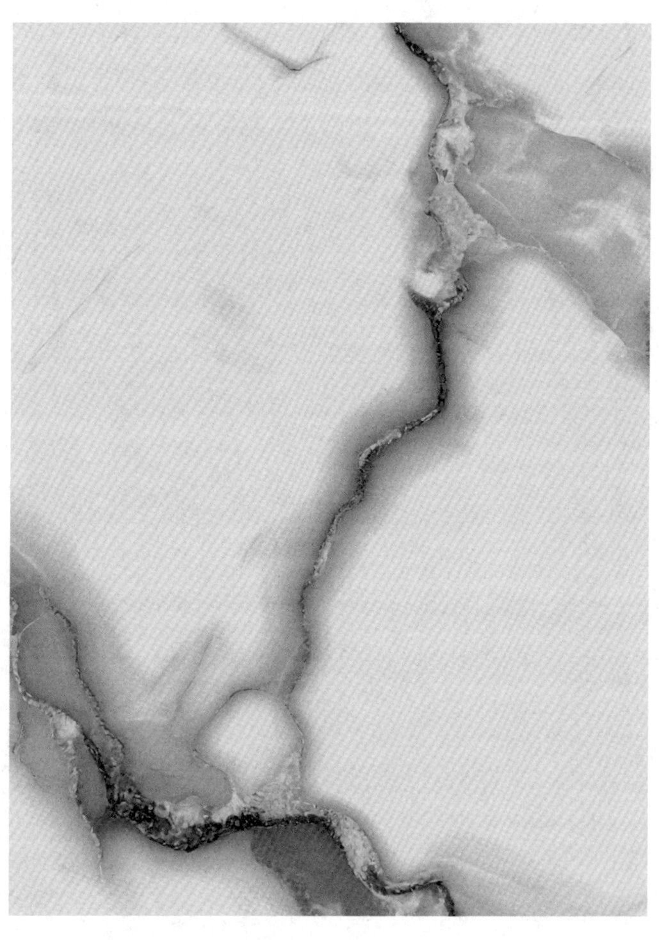

01

"돌고래가 자살한다는 거 알아?"

라이언이 말했다.

우리는 오전 8시 50분, 홍콩 침사추이의 구룡 호텔 앞에 서 있는 중이었다. 라이언의 눈은 충혈되어 있었다. 급히 나오느라 머리는 말리지 못한 것 같았다. 아열대성 몬순기후이긴 해도 1월 홍콩 아침의 날씨는 제법 서늘했다. 라이언은 가방에서 검은색 비니를 꺼내더니 머리에 뒤집어썼다. 홍콩에서 생활한 지 삼 개월된 남자의 준비물로 적당해 보였다.

비가 쏟아진다고 해도 이상할 것 같지 않은 날씨였다. 같은 계열의 방수 재킷을 입은 일본인 단체 관광객 다섯 명이 배낭을 멘 채 버스가 도착할 표지판 앞에 줄을 맞춰 서 있었다. 캐나다 국기 배지를 배낭에 단 노부부, 한국인 남자와 여자 두 명, 이십대로 보이는 스웨덴 커플이 걸어오는 게 보였다.

"버스 도착 9시 맞죠?"

푸른 눈의 노부인이 내게 물었다. 나는 손목에 찬 시계를 가리키며 고개를 끄덕였다.

이곳에 모인 사람들은 란타우섬으로 가는 버스를 기다리고 있었다. 핑크 돌고래 투어에 참여하기 위해서였다.

출장 첫날, 로비에서 라이언을 기다리다 호텔 콘시어지에 꽂혀 있던 투어 프로그램 카탈로그를 발견했다. 란타우섬에서 배로 1시간이면 세계적으로 희귀한 핑크 돌고래를 볼 수 있다는 내용이었다. 뒷장에는 '행운에 자신을 맡겨보세요!'라는 문장이 크게 적혀 있었다.

중국인들은 시내 곳곳에 있는 사원에서 새해 운세를 보고 식당에서 음식을 기다리는 시간에도 포춘쿠키로 운명을 점친다. 홍콩에는 소원을 빌 수 있는 신들이 다양했다. 부와 건강, 행복, 글을 잘 쓸 수 있게 해주는 신까지 있었다. 소원을 빌 때 향로에 꽂는 향의 길이나 굵기도 제각각이라 한번 불을 붙이면 한 달에서부터 일 년까지 타는 향도 있었다. 대체 길이가 어느 정도 돼야 일 년 동안 불이 꺼지지 않고 향이 타오를까?

라이언은 노호에서 멀지 않은 맘모템플에서 고객과 마주치는 일이 가끔 있다고, 홍콩 비즈니스에 성공하려면 그들의 기저에 깔린 정서를 이해해야 한다고 말했다. 맘모템플은 삼국지의 관우를 신으로 모신다.

나는 행운이나 복처럼 떠돌 듯 부유하는 말들을 언제나 노력, 의지 같은 땅에 뿌리박힌 단단한 말들로 치환하며 살았다. 사원이나 기도는 내 성향과 맞지 않았다. 충동적으로 관광 투어 프로그램의 신청란에 이름과 전화번호를 적는 것 역시 그랬다. 섬까지 들어간다고 해도 핑크 돌고래를 볼 수 있을지 미지수였다. 이런 쪽으로 나는 늘 운이 없었다. 나는 카탈로그를 안내 데스크 옆에 다시 끼워 넣었다.

"핑크 돌고래 투어는 제가 특별한 손님들에게만 추천하는 프로그램이에요. 홍콩의 대형 쇼핑몰에 지친 분들에게 제격이죠."

그때, 호텔의 콘시어지 직원과 눈이 마주쳤다. Sam Chang. 그의 오른쪽 가슴에 이름표가 붙어 있었다.

"5일 뒤에 보름달이 뜹니다. 슈퍼문이에요. 평소 우리가 보는 달보다 16퍼센트 더 크고, 30퍼센트나 더 밝게 빛나죠."

"마리!"

그때 라이언이 멀리서 손을 흔드는 게 보였다. 그의 목소리가 유별나게 컸기 때문에 몇몇 사람들이 고개를 돌려 나를 바라봤다.

"조금이라도 일찍 보고 싶어서 달려왔어!"

라이언은 잘 다려진 검은색 톰 포드 슈트에 뉴발란스 운동화를 신고 있었다. 그는 왼손에 들고 있던 금가루가 뿌려진 하얀 장미 대신, 오른손에 들고 있던 서류 뭉치를 내게 건네주며 말했다.

"자기가 지금부터 읽고 검토해야 할 서류! 삼 개월이 꼭 삼 년 같았어. 마리 장, 홍콩에 온 걸 정말 환영해!"

"내가 꼭 메시아라도 된 것 같네."

"당신이야 늘 내 메시아지! 마리, 일단 6시까지 미드레벨 근처까지 가야 돼. 퇴근 시간에 시내는 주차장이니까 택시를 타고 미리 움직이자. 별명이 백장미인 사나운 대륙 여자를 만나야 하니까 준비해줘. 15분 후에 로비에서 만나자!"

그는 약속된 예정 시간보다 1시간이나 일찍 나타나 내게 웃으며 말했다.

회사는 홍콩 센트럴 페더 건물 안에 갤러리를 입주시킬 예정이었다. 몇 년 전부터, 가고시안이나 리먼 머핀 같은 갤러리들이 이곳으로 들어올 것이란 소문이 돌았다. 세계에서 가장 돈 냄새를 잘 맡는 부류들이 홍콩과 싱가포르를 염두에 두고 있었다. 라이언은 홍콩 시장을 직접 총괄 지휘하기 위해 이곳에 들어왔다.

홍콩은 주류와 예술품에 대한 세금이 폐지되었고, 아시아 시장을 비롯해 미주, 유럽까지 오가기 좋은 지리적 장점이 있었다. 중국인들의 출입과 언어가 자유롭다는 점에서도 매력적이었다. 중국은 폭발적으로 성장하는 예술품 시장이었고, 중국의 부자들은 진공청소기처럼 자국 작가들의 작품을 닥치는 대로 사들였다. 세계의 돈이 아시아로 몰리고 있었다. 홍콩에 자리 잡은 크리스티와 소더비 같은 대형 경매 회사들이 그걸 모를 리 없었다.

홍콩에 도착한 날부터 나는 하루도 쉬지 못했다. 완차이의 고급 프랑스 식당에서, 레이디 가가의 〈포커페이스〉가 흐르는 소호의 주스 바에서, 미드레벨 옆 허름한 얌차 가게 안에서 연유를 듬뿍 넣은 라이차를 마시며 나는 다양한 사람들을 만났다. 샤토 마고를 생수처럼 시키는 싱가포르 컬렉터와 큐레이터, 방콕과 도쿄에 전혀 다른 스타일의 미슐랭 레스토랑 일곱 개를 소유하고 있다는 프랑스인을 만나기도 했다.

핑크 돌고래 투어는 내가 홍콩에서 처음 갖게 된 업무 외 자유 시간이었다. 만약 라이언이 예정보다 1시간 일찍 호텔에 도착하지 않았다면 지금 이 투어버스엔 나 혼자 타고 있을 것이다.

"여기 온 후로 4시간 이상 잔 적이 없는 것 같아."

우리는 버스의 맨 뒷좌석에 앉았다. 가이드가 투어에 참가하는 사람들을 위해 준비한 연어 샌드위치와 오렌지주스를 나누어주었다. 버스가 고속도로로 진입하자 날씨가 조금씩 좋아지기 시작했다. 손가락을 창문의 파란색 커튼 사이로 기울였다. 손바닥을 부드럽게 펴서 구부리자 꼭 악어의 입 같은 그림자가 만들어졌다.

"피터라는 이름의 큰돌고래가 있었어."

라이언은 버스를 타기 전 중단했던 얘기를 하려는 모양이었다.

그는 지금 핑크 돌고래 투어에 가장 어울리지 않는 이야기를 하고 있었다. 버스에 탄 여행객들 모두가 핑크 돌고래를 보겠다는 기대에 가득 차 있을 때, 그는 돌고래의 자살을 얘기 중이었다. 그는 내가 만든 그림자에 짓궂은 어린아이처럼 자신의 손을 포갰다. 악어는 사라졌고 돌고래와 비슷해진 그림자가 버스 앞좌석 앞에 나타났다.

"피터는 1965년 버진 제도에서 몇 개월 동안 영어를 배우는 대형 프로젝트에 투입됐었대. 그때 피터를 훈련했던 여자가 있었는데 이름이 마거릿 하우 러밧이야. 그녀는 동물학자였지. 하지만 이 프로젝트는 얼마 못 가서 중단되고 말아. 프로젝트 중간에 자금 지원이 끊기거든. 워낙 많은 돈이 들어가는 프로젝트였으니까. 그렇게 피터는 마거릿과 헤어지게 돼. 그리고 마이애미의 물탱크로 돌아갔지. 피터는 그곳에서 먹지 못했어. 평소 활동적이었던 피터는 물탱크 속에서 거의 움직이지도 않았어. 방문 안에서 꼼짝하지 않는 히키코모리처럼 말이야. 그러던 어느 날 피터는 스스로 숨쉬기를 거부했어. 명백한 자살이었지. 피터는 그렇게 종을 초월하는 사랑 때문에 목숨을 끊은 돌고래가 됐어."

그가 나를 바라봤다.

"이 비극적인 스토리에서 가장 기묘한 부분이 여기에 숨겨져 있어. 이 프로젝트를 담당했던 사람은 나사NASA의 한 신경학자였는데 그는 마거릿과 친밀한 시간이 길어질수록 피터가 영어를 배우는 데 관심이 없어진다는 걸 알게 됐어. 피터가 점점 훈련을 거부하기 시작했거든. 그래서 그들은 피터를 프로젝트에 몰두하게 만들기 위한 방법을 고안해야만 했어. 피터를 마거릿에게 완벽히 굴복시킬 수 있는 방법 말이야. 프로젝트의 성패는 마거릿이 피터를 얼마나 효과적으로 통제하고 영어를 가르칠 수 있느냐는 것이었으니까. 하지만 그녀가 쓴 방법은 상상을 뛰어넘었어."

라이언은 이야기의 쉼표가 어디에 찍혀야 하고, 마침표는 어디에 놓여야 하는지 알고 있었다. 효과적으로 침묵을 사용하는 방법에도 능통했다. 그는 잠시 말을 멈춘 채 나를 바라봤다.

"천천히 상상해봐."

그는 눈을 전혀 깜빡이지 않고 말했다. 매일 거울을 보며 수백 번씩 같은 동작을 연습이라도 한 것처럼 말이다. 성공의 절반 이상은 그의 유전자 때문이었다. 미스 체코 출신의 어머니는 자신의 막내아들에게 곱슬거리는 금발과 신비로운 회색 눈동자를 선물했다. 영국인 지질학자인 아버지는 그에게 친절하지만 헤프지 않은 낮고 신념에 찬 목소리를 주었다.

릴리의 경고대로 라이언은 스캔들로 유명했다. 사람들은 잘생긴 이 금발의 호색한에게 호의적이었다. 더구나 그가 올로프 팔메상을 받은 G의 애인이었다는 소문은 그를 더 비밀스럽게 만들었다. 온갖 단체와 테러리스트들로부터 살해 위협에 시달렸던 우크라이나 출신 기자의 숨겨진 정부가 라이언이라는 말은 내가 들었던 어떤 농담보다 우스웠다. 국제앰네스티나 아웅산 수지 같은 인권 운동가들에게 주어지는 올로프 팔메상과 뉴욕 미술계의 탐욕스런 진공청소기 라이언

스틸은 가장 어울리지 않는 조합이었기 때문이다. 하지만 그런 소문들이 그를 더 매력적으로 만든 건 사실이었다.

"그래서 방법이 뭐였죠?"

라이언의 목소리가 크지 않았는데도, 캐나다 부부가 어느새 고개를 돌리고 그의 이야기를 듣고 있었다.

"어서 말해봐요!"

백발의 노부인은 창백하게 푸른색 눈을 반짝이며 라이언을 바라보고 있었다. 이른 아침부터 서둘러 나오느라 아침잠이 부족했던 일본인 관광객의 코 고는 소리가 버스 안에 퍼졌다.

"마거릿 하우 러밧은 피터의 자위행위를 도와줬어."

그는 나른하게 한숨을 쉬더니 나를 바라보았다. 햇볕이 그의 얼굴에 깊은 음영을 만들었다.

"그녀는 피터의 암묵적인 섹스 파트너였지."

어색한 침묵을 깬 건 노부인이었다.

나와 눈이 마주친 순간, 노부인이 울기 시작했다.

02

"매년 1월에 분명 그 해의 첫눈이 내렸을 텐데 사람들은 왜 그때의 눈은 없는 것처럼 지금 내리는 눈을 첫눈이라 말하는 걸까? 난 늘 그게 이상했어."

내가 말했다.

"그럼 지금 내리는 눈은 몇 번째 눈인 거지? 다섯 번째 눈인가? 아님 열한 번째?"

그가 나를 바라봤다.

우리는 브루클린의 카페를 나와 보통 사람들이 첫눈이라고 말하는 그 눈을 맞기로 했다. 눈이 오는 11월의 거리는 춥지 않았다. 우리는 베드포드역까지 걸었다. 그의 손에는 칼세이건의《코스모스》가 들려 있었다. 표지가 조금 찢어지고 30퍼센트 세일 마크가 붙은 헌책이었다. 들고 다니기에는 무거운 책이었지만 그는 문고본을 들고 서 있는 것처럼 가뿐히 그것을 들고 있었다.

우리는 건널목 앞에 서서 신호등이 바뀌길 기다렸다. 눈발이 굵어지자 바람이 잦아들기 시작했다. 나는 건너편 흰색 래브라도 리트리버 네 마리를 산책시키는 남자를 바라보며 중얼거렸다.

"당신 말대로라면 첫눈은 일 년에 두 번씩 내리는 거였네. 그거 알아요?"

그때, 길 사이에 만들어진 웅덩이를 밟고 검은색 폭스바겐 한 대가 빠르게 지나갔다. 길가의 구정물이 내 쪽으로 튀어 올랐다. 그가 내 어깨를 급하게 반대 방향으로 돌려세웠다. 넘어지려는 순간 내 몸을 자신 쪽으로 돌려세운 탓에 그의 검은색 외투와 바지는 흙탕물에 젖었다. 벌어진 외투 사이 얇은 티셔츠에서 그의 온기가 느껴졌다.

"손이 따뜻하네. 여자들은 대부분 손이 차던데."

여전히 손을 잡은 채 그는 나를 내려다보았다. 그의 긴 속눈썹 위에는 작은 눈 알갱이가 붙어 있었다. 그는 내 손을 들어 올려 자신의 뺨에 갖다 댔다.

“당신이라고 부르는 거, 이제 그만두는 건 어때? 내 이름 성주인데, 조성주.”

그가 천천히 눈을 깜박였다. 속눈썹 위에 붙어 있던 눈 알갱이는 어느덧 녹아 눈물처럼 그의 속눈썹에 번져 없어졌다.

문득 따뜻한 내 손이 싫었다.

03

"첫 키스? 열세 살 때."

큐레이터인 마이클이 대답했다.

첫 키스가 언제였냐고 물었던 사람은 릴리였다. 그녀는 '첫'이란 단어가 들어간 설치 전시를 기획 중이었고, 우리는 작가를 물색하고 있었다.

"나는 대학교 1학년. 친구랑 저지시티에 있는 극장에서 〈비포 선 라이즈〉를 봤는데 그날 개랑 잤어. 첫 키스와 첫 섹스를 동시에 한 거지."

신시아는 그때 먹었던 캐러멜 팝콘의 맛을 추억하다가 서랍 안에 있던 다크초콜릿을 꺼내 내게 건넸다.

"그래서인지 달빛이 그윽한 공원이라든가, 해변에서 낭만적으로 키스를 해본 기억이 없어. 키스와 섹스가 한 세트거든. 마리 넌 어때? 내 섹스가 너무 남성적이란 생각 안 들어?"

"전혀!"

나는 고개를 저었다.

"8월, 깃발 든 중국인 단체 관광객들로 넘쳐나던 타임스스퀘어 앞 디즈니 숍에서 미키마우스 머리띠를 한 채 처음 그녀와 키스했지"라고 말한 사람은 제임스였다. 첫 키스가 언제였는지를 묻는 릴리의 질문에 나는 "2012년의 몬탁"이라고 대답했다. 같은 질문에 성주는 "열일곱 살, 집 앞 놀이터"라고 답했다.

성주는 여자와 처음 한 키스에 대해 대답했다.

나는 성주와의 첫 키스에 대해 말했다.

우리는 추억을 기억하는 방식이 달랐다.

1월에 내리는 눈을 첫눈이라 말하는 여자와 11월의 눈을 첫눈이라고 기억하는 남자가 기적처럼 만나 연애란 걸 한다 해도, 너와 내가 아닌 '우리'라는 정체성을 만들기는 힘들다는 것. 그러므로 그것은 헤어지기 직전이거나, 헤어지는 중인 연애가 되리란 걸 그때의 나는 알지 못했다. 또 그렇게 연애하는 동안 이별의 이별은 일상다반사가 되리라는 걸, 그리고 머지않아 우리가 헤어지게 되는 그날이 오리란 걸 알지 못했다는 말이다. 하지만 예상은 빗나갔다.

나는 결혼에 성공했다.
마침내 이혼에 성공하기 전까진.

우리는 같은 공간에 서서 이 년 동안 같은 창밖에 내리는 서로 다른 첫눈을 기록했다. 2014년 1월 2일. 브루클린에 눈보라를 동반한 블리자드가 몰아쳤다. 보통의 사람들은 기억하지 않는 나의 첫눈이었다. 라디오에서 맨해튼 5번가의 애플 스토어의 대형 유리창이 깨졌다는 뉴스가 흘러나왔다.

04

"너를 미워하는 일. 이제부터 그게 내 새로운 직업이 될 거야."

어떤 말은 의도하지 않아도 자신도 모르게 선언하듯 새어 나온다. 집으로 들어가는 문 앞에서 나는 무심코 성주에게 말했다. 그는 특유의 무표정한 얼굴로 잠시 나를 바라보더니 내 말이 끝나자마자 말했다.

"마리, 배고프지 않아? 뭐든 빨리 만들어줄게."

그는 웃음이 채 가시지 않은 얼굴로 내 어깨를 가볍게 툭 쳤다. 계단 밑에 서서 그가 올라가는 걸 지켜보았다. 점점 더 멀어져 마침내 그가 내 눈에 보이지 않을 때까지. 성주가 마트에서 사 온 두 개의 짐을 차례로 내려놓는 소리가 들렸다. 그가 바지 뒷주머니에 있던 열쇠를 찾아 돌리는 소리가 들렸다. 닫히려는 문을 왼쪽 발로 가볍게 막고, 바닥에 내려놓았던 짐을 다시 들어 올려 엉덩이로 문을 열며 집으로 들어가는 모습도.

보이지 않아도 그가 하는 행동을 떠올릴 수 있었다. 어떻게 의자에 앉고 일어서는지, 어떻게 나이프를 쥐고 어떤 손으로 스테이크를 써는지, 지하철의 몇 번째 칸에 타는지, 아침을 시작할 때 어떤 음악을 듣는지. 그가 나도 모르는 어느 곳에서, 나도 모르는 여자에게, 나도 모르게 했을 말들까지도.

지난 이 년 동안, 나는 그런 사람이 되어버렸다. 원치 않아도 나는 그런 사람이 될 수 있었다. 결혼은 내겐 그런 것이었다.

"자기 먹을 아이스크림 다 녹았겠다. 안 올라올 거야?"

나는 낮고 부드러운 성주의 목소리를 들으며 깨달았다. 생각보다 일찍 찾아오는 깨달음 같은 건 없다고, 생각보다 늦게 찾아오는 이별이 없듯이. 누군가의 진심이 누군가에게 농담으로 들린다면 그건 잘못된 삶이라고. 그러므로 나의 삶은 완벽한 실패라고.

05

화를 내고 물건을 집어 던지고 악담을 퍼붓는 게 아니라 자주 지각하고, 매주 빨던 침대 시트를 더 이상 빨지 않고, 화장실 변기 뚜껑을 닫아놓고, 주중의 섹스를 거부하는 것으로 자신의 분노를 표현하는 사람들이 있다.

그런 사람들은 타인의 감정을 읽는 데 자신의 에너지를 전부 써버리기 때문에 정작 자신의 상태에 대해 무지하다. 이를테면 평소대로 야근을 하고 단골 식당의 창가 자리에서 아보카도 샐러드를 먹고, 집으로 돌아가는 퇴근 지하철 안에서 흐르는 눈물의 의미를 전혀 알지 못한다는 뜻이다. 화장실이나 침대 위도 아니고, 어째서 사람들이 많은 이런 곳에서 눈물이 멈추지 않는지, 누군가의 '괜찮아요?'라는 말이 어째서 조금도 괜찮지 않은지 말이다. 매주 화요일, 넉 달 동안 시간당 250달러를 지불하고 알아낸 건 바로 내가 '그런 사람들' 중 하나라는 것이었다.

"본인은 '나는 화가 났다'라는 말을 '저녁에 중국 음식을 먹었더니 소화가 안 된다'라고 표현하는 사람이에요."

의사가 말했다.

"상대가 불편한 데가 없는지 물으면 걱정하지 말라고 하죠. 야근 때문에 잠을 못 자서 그렇다는 설명까지 덧붙여서. 그리고 더 이상 상대가 질문하거나 알아봐주지 않으면 그것에 대한 분노가 쌓이는 겁니다. 불안하다는 말 대신 손톱을 뜯거나 폭식하거나 필요 없는 물건들을 쇼핑하는 식이죠. 남자들은 몸짓언어를 이해하는 데 재능이 없어요. 아주 젬병이죠. 그러니까 남자와 충돌 없이 지내려면 남자의 언어도 알아야 합니다."

"남자와 여자의 언어가 다르다고 생각하세요?"

나는 의사를 바라봤다.

"남녀 사이의 차이가 사회적인 프로그래밍 때문이고 통념이라는 건 저도 알고 있어요. 트집 잡으려고 하는 말은 아니에요. 다만……."

"다만?"

"내가 나를 너무 모른다는 게 핵심인가요?"

나는 잠시 말을 멈춘 후, 다시 그를 바라봤다.

"본인 안에 내재된 분노가 있어요. 하지만 자신의 분노를 분노의 대상이 아니라, 여기저기에 왜곡해서 투사하기 때문에 내면이 울퉁불퉁해져서 무의식은 점점 더 미궁으로 빠지는 겁니다. 상황을 더 복잡하게 만드는 거죠."

"쉽게 말해주세요."

"바람 난 남편 새끼의 쌍방울을 잘라서 본인 양쪽 귀에 귀걸이로 걸고 싶은데 그렇게 하지 못 해서 화가 난 겁니다!"

"인상적이네요."

"웃으라고 한 말인데 안 웃네요?"

"안 웃겨요."

"우울한 말은 원래 우습게 하라고 했는데……."

그가 잠시 말을 멈췄다.

"정신과보다는 이혼 전문 변호사를 찾아가는 게 정신 건강에 더 좋을 수도 있어요. 그쪽으로 끝내주는 악랄한 변호사를 한 명 아는데 원하면 소개해줄 수 있어요."

"돈 벌 생각이 없으시군요."

"정직한 거죠. 직업윤리입니다."

의사는 언젠가부터 내 균열을 보고 싶어 했다. 화를 내거나 울거나 실소하며 터뜨리는 심리적 균열 상태 말이다. 의사가 나를 관찰하는 것처럼 나 역시 그를 관찰했다. 나는 그가 던지는 유머를 이해했지만 의도적으로 웃지 않았다.

"무슨 말씀이신지 알겠어요."

"아뇨. 문제는 해결되지 않은 감정들이에요."

의사가 나를 바라보며 말했다. 일부러 도발하려는 듯한 표정이었다.

"화분에 물 주는 걸 잊거나, 설거지를 쌓아놓는 건 피곤한 사람들의 특징이기도 해요. 업무가 길어져서 늦게 자다 보면 평소와 다르게 지각을 할 수도 있는 거고."

"남편에게 온 부재중전화 횟수가 많아질수록 쾌감을 느끼는 사람이 피곤한 사람은 아니죠. 견디기 힘드니까 무의식이 방어기제를 작동시키는 거죠. 분열, 해리, 투사, 건강 염려증, 인내 같은 방어기제들이 있어요. 본인은 투사와 인내를 동시에 쓰고 있어요. 아마 어린 시절부터 불안을 그렇게 해소했을 거예요. 애착 인형을 계속 끌어안고 자야 한다거나, 지나치게 말을 많이 한다거나, 안 한다거나."

"어렵네요."

"이렇게 설명하죠. 좋은 삶을 위해서는 방어기제가 성숙해야 돼요. 유머나 승화가 대표적인 경우죠. 이별이나 죽음을 음악이나 문학으로 승화시키는 거예요. 방어기제가 그런 쪽으로 바뀌면 회복탄력성이 더 좋아져요."

"제 방어기제는 성숙하지 않다는 말로 들리네요."

"자신을 괴롭히는 방식으로만 쓰니까요. 관계를 깨는 것보다는 자신에게 원인을 돌리는 편이 더 익숙하고 안전하다고 믿는 거예요. 명백히 상대방의 잘못인데도 습관적으로 '나에게는 분명 문제가 있다'로 시작해서 집요하게 자기 잘못을 찾아내는 식인 거죠. 그리고 그걸 이해심이라고 착각하는 겁니다. 상대에게 분노를 표출하면 관계가 악화된다는 걸 알기 때문에 억압된 분노가 계속 다른 방식으로 왜곡되는 거예요. 남편에게 복수하고 싶은 마음도 분명 있을 겁니다. 시기심이나 질투심이 있을 수도 있어요. 스스로 들키고 싶지 않은 감정을 무의식은 언제나 가장 밑바닥에 꼭꼭 숨겨놓으니까."

의사가 나를 바라봤다.

"자기감정을 잘 모르는 사람들이 많아요. 심지어 외로움을 배고픔으로 착각하는 사람도 있어요. 자기가 우울증에 걸렸다는 걸 아예 모르는 사람도 많아요. 실제 우울증 검사를 하면 수치가 낮게 나오는 사람 중에 우울증 환자도 있고요. 고통을 자기 자신에게조차 효과적으로 감추고 있기 때문이죠.

인간은 자기기만에 능숙한 존재예요."

"고통을 자기 자신에게조차 효과적으로 감춘다고요?"

의사가 고개를 끄덕였다.

"그래서 남자들이 본능적으로 웃는 여자를 좋아하는 겁니다. 여자의 얼굴이 자신의 감정 상태를 비추는 거울 역할을 하거든요. 남자들은 실제로 재밌는 여자보다는 자기 헛소리에 잘 웃어주는 여자가 유머 감각이 뛰어나다고 생각하죠. 하하."

그의 전공 어디에도 웃음 치료 같은 말은 없었다. 하지만 그는 종종 심각해지려는 분위기를 털어내듯 크게 웃었다.

"음식을 예로 들어보죠."

의사가 음식 이름을 나열하기 시작했다. 지금 나는 음식을 먹긴 먹는데, 그것이 짠맛인지 단맛인지 매운맛인지 구별하지 못하는 상태다. 그것이 '감정적 미맹'이라는 게 그의 말이었다. 매운 걸 먹고 매워서 운다거나, 웃긴 걸 보고 즐거워서 웃는 기본적인 생체 메커니즘이 망가졌다는 것이다. 그는 내게 '균형이 무너졌다'거나 '회로가 꼬였다' 같은 지극히 감정적인 말을 썼다. 하지만 그의 말을 들으면 혼란스럽기보단 안심이 되었다. 내가 어떤 상태인지 모르는 것보단 나았다. 불확실한 것보단 최악이 더 견디기 쉬웠다.

“약물 치료를 한다고 고통스러운 기억들이 사라지진 않아요.”

“그럼 제가 지금 이 자리에 왜 앉아 있는 거죠?”

“고통의 맥락을 바꾸기 위해서죠. 고통을 잘게 부숴서 받아들이기가 조금 수월해지게 만드는 거예요. 약은 마음의 체기를 가라앉히는 소화제 정도라고 생각하면 됩니다. 약물은 기억 자체를 죽여 없애는 게 아니라, 극복할 수 있는 신경을 되살리는 역할을 하는 거니까요.”

의사가 전두엽에 이어 전전두엽에 대해 설명하기 시작했을 때 허기가 느껴졌다. 어디선가 느린 피아노곡이 들리는 것 같았다. 언젠가부터 생긴 이명은 약을 먹어도 나아지지 않았다. 나는 왼쪽 귀에 손가락을 넣었다. 여전히 피아노 소리가 귓속에 흘러 들어왔다.

영화 〈이터널 선샤인〉은 나른한 피아노 소리와 함께 시작된다. 그것은 실연의 기억이 고통스러워 연애와 관련된 기억을 전부 지워버린 여자와 남자의 이야기였다. 뇌에 전류를 쏴서 상대편에 관한 기억을 전부 지워 초기화시킨 영화 속 회사의 이름은 ‘라쿠나’였다.

Lacuna,

잃어버린 조각.

〈이터널 선샤인〉의 첫 장면이 가끔 떠올랐다.

성주가 내 침대에 누워서 책을 읽고 우리가 팔짱을 끼고 저녁에 마실 와인을 함께 고르던 그때에도, 나는 가끔 슬픔으로 일그러진 한 남자의 얼굴과 깊게 팬 주름살을 떠올렸다. 조엘을 연기한 짐 캐리가 덥수룩한 얼굴로 출근하는 장면에서 나는 늘 정지 버튼을 눌렀다. 그가 회사로 가는 맨해튼행 기차가 아니라, 건너편 B 승강장에 정차해 있던 몬탁행 기차를 바라보는 장면이었다.

건너편 기차를 바라보는 조엘의 눈은 지금 여기가 아닌 아주 먼 곳에 머물러 있는 것처럼 보였다. 초점 잃은 그의 눈은 바라보는 사물들을 흐릿하게 만들었다. 자기 몸의 주인이 아니라 다른 사람의 몸을 빌린 것처럼 그의 움직임은 부자연스러웠다.

그러나 정지 버튼을 다시 클릭하면 출근행 지하철이 아닌, 반대편 계단을 향해 전력 질주하고 있는 조엘의 모습이 보였다. 그렇게 잡아탄 몬탁행 기차 속 그의 얼굴은 편안해 보였다. 이제 그는 기차가 달리는 창밖의 풍경을 내다보고 있었다. 그의 시간이 이미 멈췄다고 해도, 기차는 그를 맨해튼의 사무실이 아닌 눈 내리는 바다가 보이는 몬탁까지 데려갈 것이다. 그 장면을 나는 몇 번씩 반복해서 봤다.

“다음 진료는 화요일 오후 4시예요. 어려우면 오후 5시도 가능해요.”

의사가 시계를 바라봤다. 진료실 문을 열고 한 남자가 들어왔다. 보통의 남자들이라면 발목에 닿을 만한 코트를 종아리쯤에 걸쳐 입고 서 있었다.

“6시. 괜찮다면 6시에 보죠.”

내가 말했다.

06

미드타운에 있는 모건 라이브러리 앤드 뮤지엄에서 갤러리스트로서 신인 작가 성주를 처음 만났을 때, 그는 자신의 웹사이트를 링크한 메일을 내게 보냈다. 메일에는 작품에 대한 설명 없이 최승자의 시 한 편만 동봉되어 있었다.

며칠 후, 그 메일이 떠올라 그의 웹사이트에 들어갔다. 몇 개의 그룹전을 한 그의 사이트에는 여러 개의 카테고리가 존재했다. 사진은 어두운 습기로 가득 차 있고, 인위적일 만큼 밝고 건조했다.

일을 하다 보면 작가들의 홍보 메일이 수백 통씩 쌓였다. 효율적으로 일하기 위해선 답장을 쓰는 명확한 기준이 필요했다. 사람들에겐 복잡해 보일 수 있지만 나는 그것을 9단계로 나누어 처리했다. 그는 내 기준에서 6단계에 속하는 작가였다. 6단계는 '좋지만, 좋지 않음'을 뜻했다. 그런데 일주일 후, 그에게서 답장이 왔다. 편지에는 최승자의 다른 시가 적혀 있었다.

이것이 아닌 다른 것을 갖고 싶다
여기가 아닌 다른 곳으로 가고 싶다
괴로움
외로움
그리움
내 청춘의 영원한 트라이앵글*

분명 내가 보낸 답장에 대한 답장이었다. 하지만 그에게 답장을 쓴 기억은 나지 않았다. 최근 시작한 기획전 때문일까. 끝까지 나를 괴롭히던 컬렉터 때문에 신경이 더 날카로워졌던 걸까. 신시아가 말했던 생리주기와 탄수화물 제한 식단 때문에 생긴 호르몬 변화일까. 집으로 돌아가는 길에 잠시 그 생각을 하다가, 답장을 쓰지 않은 게 아니라 다른 작가에게 보낼 답장을 그에게 잘못 보낸 게 아닐까 생각했다.

정신없이 일주일이 지났다. 그동안 몇몇 작가의 전시 기획 회의에 참석했고 목요일이면 열리는 다양한 전시 오프닝과 기획전에 참석했다. 갤러리에서 가장 많이 투자한 아르메니아 출신 작가의 작품을 성공적으로 판매했고, 《뉴욕타임스》 온라인판 디아스포라 특집 기사에 그에 대한 비평 기사가 실린 걸 확인한 새벽 2시에 사무실 의자에 앉아 샴페인 한잔을 마시며 자축했다. 평론의 마지막에 등장하는 '숨이 멈출 만큼 슬프고 아름다운'이란 형용사가 마음을 흡족하게 했다. 나는 기자의 이름을 적고 그의 전화번호를 수소문했다.

뉴욕에서 잠시만 한눈을 팔아도 작품들은 파도처럼 밀어닥쳤다. 최근에는 특히 사진가들이 보내는 이메일이 많았는데, 메일에 담긴 사진의 숫자만 봐도 세상의 빛이 얼마나 쉽게 많이 소모되고 있는지 알 수 있었다. 조금이라도 문을 잘못 열면 요란한 소리를 내며 전부 다 튕겨져 나올 것 같았다. 머릿속 이미지들을 덜어내기 위해 노력하지 않으면 과부하로 구토감이 밀려왔다.

쉬는 시간에 나는 책을 읽었다.

텍스트만 있는 두꺼운 책으로 대개 로런스 블록이나 데니스 루헤인의 스릴러나 미스터리 소설들이었다. 줄거리를 따라 읽다 보면 어느 순간 살인사건의 현장에 도착해 용의자를 유추할 수 있는 습관이나 생김새에 주목하며 범인 찾기에 동참하게 만드는 소설들 말이다. 범인은 결국 잡힌다는 점에서 이런 소설들의 문장은 한결같은 박력이 있었다. 그런 문장들 속에서 이미지를 상상하는 일은 내겐 늘 휴식 같아서, 책을 사는 행위를 포함한 독서는 유일하게 나를 집 밖으로 일으켜 세우는 활동적인 취미였다.

* 최승자, 〈내 청춘의 영원한〉, 《이 시대의 사랑》, 문학과지성사, 1981.

07

반스앤노블 서점에서 우연히 성주를 다시 만났을 때, 그는 길게 줄을 선 사람들 사이에 서 있었다. 그는 솔 벨로의《허조그》를 들고 있었다. 나는 드러난 그의 발목과 튀어나온 복숭아뼈를 바라봤다. 그는 청바지 밑단을 두 번 접어 입었다.

"닉 혼비가 정말 좋아하겠네."

나는 옆에 서 있던 그의 옆구리에 끼어 있던 책을 바라보며 독백하듯 중얼거렸다. 서점의 긴 줄은 소설가 닉 혼비의 신작 출간 기념 팬 사인회의 줄이었다. 서점 2층 스타벅스 옆에선 닉 혼비와 독자들과의 대화가 시작됐다. 우리는 앉을 자리가 없어 뒷자리에 서서 그의 얘길 들었다. 닉 혼비의 얼굴은 자신이 쓰는 소설만큼이나 시니컬하다 유쾌해지길 반복했다.

"팬 사인회인데 《어바웃 어 보이》나 《피버 피치》 정도는 들고 왔어야 하는 거 아닌가요?"

"닉 혼비가 솔 벨로의 광팬이래요."

"설마!"

"아닌가?"

"닉 혼비 안 좋아하죠?"

"앞으로 좋아해보려고요. 닉 혼비 좋아하죠?"

그가 나를 바라봤다.

"사실 오늘 처음 본 작가예요."

"그럼 여긴 왜 서 있었어요?"

"그쪽을 제가 봤거든요."

그는 고개를 돌리더니 갑자기 내 귓속에 대고 속삭였다.

"175번가에서 지하철 타는 걸 봤어요. 그쪽 걸음이 워낙 느려서 얼굴 확인하고 금세 따라잡았죠. 그러니까 우리는 175번가에서 14번가까지 함께 온 거네요. 근데 윗동네엔 무슨 일로 간 거예요?"

정말 궁금한 걸 묻는 사람처럼 그의 눈동자는 조금도 흔들리지 않았다.

“설마 미행한 거예요?”

“미행이 아니라 우연인 거죠.”

“거짓말 같은데?”

“속아주면 좋을 텐데!”

옆에 서 있던 남자가 입술에 손을 대고 내 눈을 똑바로 바라보며 조용히 해달라고 경고했다.

우리는 예정된 시간보다 빨리 서점을 나왔다. 뉴요커들이 걸어 다니길 좋아한다는 얘기는 사람들에게 많이 알려져 있지만, 지금의 맨해튼은 걷기 좋은 도시가 아니다. 신호등을 지키는 사람은 관광객과 막 이곳에 도착한 유학생들뿐이었고 오래된 도시엔 보수해야 할 길들이 넘쳐났다. 공사 중이란 푯말은 어디에서건 불쑥 튀어나왔다. 환기 시설이 부족한 지하철역은 너무 낡아서 깨진 계단을 잘못 밟았다간 앞으로 엎어지기 일쑤였다. 그럼에도 불구하고 뉴욕 사람들은 이 도시의 맥박이 차보다 걷기에 적합하다는 걸 알고 있었다.

유니언스퀘어의 딘앤델루카 매장 앞에서 나는 휘청거릴 만큼 높은 하이힐을 신고 자신의 애완 당나귀를 끌고 가는 여자를 보기도 했다. 염소를 마켓에 데리고 나타난 유대인 남자가 비닐 주머니를 든 채 담배를 사는 곳이 맨해튼이었다. 대개 그런 비닐봉지 안에는 염소가 길을 걸으며 여기저기 싼

똥들이 가득했다.

사람들은 맨해튼의 중심을 대형 기업 광고와 브로드웨이의 뮤지컬 광고판들로 가득 찬 타임스스퀘어라고 생각하지만, 내 중심은 유니언스퀘어가 있는 14번가였다. 퇴근하면 그곳의 트레이더조와 홀푸드에서 장을 봤고, 반스앤노블과 스트랜드에서 책을 샀다. 걷기 좋은 어떤 날은 카페에 들러 에너지 스무디 한 잔을 사서 레코드 가게와 책방, 옷 가게, 디저트 가게가 즐비한 블리커까지 혼자 걸었다. 형편이 나아진다면 이스트빌리지의 톰킨스스퀘어 파크 근처에서 살겠다고 생각하면서 말이다.

"좀 걸을래요?"

우리는 맨해튼 14번가를 함께 걸었다.

"할렘에 친구 있어요?"

"교회에 갔었어요. 흑인 성가대가 있는데, 듣고 있으면 없던 신앙심이 생길 정도의 놀라운 성가예요."

"〈시스터 액트〉처럼?"

"비슷해요."

"교회에 다녀요?"

"어릴 적엔."

"지금은요?"

나는 대답하지 않았다.

뉴욕의 가을이었다. 로맨스 영화의 배경을 가장 많이 공급하는 도시답게 많은 연인들이 손을 잡고 이곳의 가을 속을 걷고 있었다. 전형적이라 편안한 아름다움이 그곳에 있었다.

유니언스퀘어 광장에는 대규모의 주말 파머스마켓이 열렸다. 장을 보기 위해 나온 사람들과 상인, 관광객 들이 섞여 광장 안은 북적였다. 걷는 곳이 어디든 사과, 포도, 자몽과 딸기, 바나나까지 달콤한 과일 향이 코를 찔렀다. 꽃을 파는 곳에선 프리지어와 장미가 가득했다. 그는 박공지붕처럼 생긴 빨간 꽃이 피어 있는 선인장 하나를 골랐다. 과일 행상들의 머리 위로 어디에서 날아왔는지 벌들이 윙윙대며 날아다녔다. 꿀을 파는 곳은 보이지 않았다.

"이 벌들도 마케팅일 거예요. 둘러봐요. 광장 밖에는 벌이 한 마리도 안 보이니까."

그는 내 쪽으로 달려드는 벌을 손으로 쫓으며 말했다. 그의 말대로 벌은 눈에 보이지 않는 경계선 위를 날고 있는 것처럼 보였다. 나는 고개를 끄덕이며 사과 몇 개를 바구니에 넣었다.

"얼마죠?"

그는 내 사과 값을 대신 계산하며 사과 하나를 한입 베어 물었다.

"사과 맛있어 보이네요."

"고마워요. 선인장 값은 내가 낼게요."

그는 내 말이 끝나기도 전에 자신의 선인장 값을 상인에게 건넸다.

"유기농이란 말이 싫어요. 햄버거 먹으면서 죄책감 느끼고, 해독 주스, 견과류, 컬러 푸드를 매일 챙기는 사람들 보면 안됐단 생각이 들어요. 비구니처럼 살 거면 절에 들어가지 왜 도시에서 살까. 자연 친화적이란 말은 오염됐어요."

저장 강박증과 유기농 강박에 대해 얘기하면서 쉬지 않고 담배를 피우는 그의 모습을 보는 게 재밌었다. 건강염려증 환자들로 가득 찬 뉴욕에서 이런 남자를 만나는 게 1980년대 타임 슬립 영화를 보는 일처럼 느껴졌다. 맨해튼 곳곳이 금연 구역이 아니었다면 그는 훨씬 더 많은 담배를 피웠을 것이다.

"나무를 찍어요. 사람은 안 찍고요."

"사진 찍을 때도 담배 피워요?"

"뭐, 가끔."

그가 고개를 끄덕였다.

"꽃은 찍어요. 숲도 찍고."

"담배를 피우면서요?"

"담배 피우기엔 공기가 아주 신선하니까 숲은……."

그는 느릿느릿하게 말했다. 그 말들이 대개 너무 느려서, 어떤 말들은 난해한 시처럼 느껴졌다. 영어를 못해서 생긴 버릇 같지는 않았다. 어순도 특이했다. 잘못 번역된 외국어 문장을 읽는 것처럼 조사를 쓰는 방법도 어색했다. 감기에 걸린 건 아닌지 묻고 싶을 만큼 비음도 심했다. 저런 상태로 말을 계속하면 목이 아플 것 같았다.

"고양이는 찍어요. 개는 안 찍지만."

그는 여전히 담배를 물고 연기를 피워대며 말했다.

"골루아즈를 피우네요?"

나는 그의 담배를 바라봤다.

"사춘기 시절에 프랑수아즈 사강을 좋아했어요. 골루아즈를 피워대면서《슬픔이여, 안녕》같은 소설을 쓰는 모습이 멋져 보였거든요. 뉴욕에선 헤비 스모커가 시대에 뒤처진 취급을 받지만."

그가 나를 바라봤다.

"담배 피우는 사람 싫어해요?"

"아뇨."

"좋은 소식이네."

"키스만 안 하면 상관없어요. 재떨이 냄새나는 입안을 굳이 탐험하고 싶진 않으니까."

"안 좋은 소식이네. 금연할 생각은 없는데."

"나도 그쪽이랑 키스할 생각 없어요."

"장담 같은 거, 안 하는 게 좋지 않아요?"

그가 바닥으로 연기를 내뿜자 담배를 쥐고 있던 긴 손가락이 담배 연기에 사라져 절단된 것처럼 보였다. 턱 밑으로 담배 연기가 흘러나오는 게 보였다. 담뱃재가 그의 흰색 캔버스 아래로 떨어졌다. 신경 쓰지 않는 눈치였다. 그의 신발 끈은 누덕누덕했고, 발자국 비슷해 보이는 것들이 찍혀 있었다.

"개는 좋아해요. 고양이는 싫어하지만."

나는 재빨리 말을 돌렸다.

"그래도 고양이 사진을 찍는 사람은 좋아해요."

갑자기 웃음이 터졌다. 나도 모르게 누군가의 뒷말을 낚아채 따라 하는 라이언의 말투가 어느새 배어 있었다.

"왜 웃는지 물어봐도 돼요?"

그의 얼굴에는 웃음기가 없었다. 웃는 여자와 표정 없는 남자. 분명 괴상한 엇박자였다.

"무는 것과 할퀴는 것 중 어느 쪽이 더 아플까요?"

그가 진지한 얼굴로 내게 물었다.

우리는 유니언스퀘어 근처를 맴돌며 이야기를 계속했다.

일과 상관없는 얘기를 쉬지 않고 떠든 게 언제였는지 기억나지 않았다. 저녁이 되자 푸드 카트에서 5달러짜리 양고기와 치킨 할랄을 샀다. 포에버21의 대형 간판이 가장 잘 보이는 유니언스퀘어 공원의 벤치에 그와 나란히 앉았다.

"할랄은 오랜만이네요. 학교 다닐 땐 자주 먹었는데."

그는 자신이 먹던 양고기 할랄의 반을 내게 나누어주며 말했다.

"할랄은 저한텐 5시간짜리 음식이에요."

"무슨 소리예요?"

"음식을 먹은 후, 배고프지 않고 일할 수 있는 최대 시간. 한식은 3시간짜리. 가장 좋아하지만 금방 소화돼서 가성비 떨어지는 음식이죠."

"빅맥 세트는?"

"3시간 반."

"음식을 칼로리가 아니라 소화되는 시간으로 계산하는 사람은 처음 봤는데요?"

"날씨는 셔츠, 점퍼, 카디건, 외투로 분류해서 계산해요."

"그건 또 뭐예요?"

"오늘은 긴팔에 스웨터 하나 걸치면 되는 날씨란 소리예요. 짧은 티와 긴 티에 옷을 하나씩 더하거나 빼는 거예요. 여기에서 날씨가 3도 더 떨어지면 목도리를 하면 돼요. 3도가 더 떨어지면 모자 추가!"

그는 자신의 회색 카디건을 가리켰다. 카디건 안의 흰색 셔츠의 단추는 목까지 채워져 있었다.

"보내줄까요?"

"뭘?"

"날씨와 온도에 따른 옷차림 분류표."

"그런 게 있어요?"

"시간을 효율적으로 쓸 수 있어요. 평균온도와 시간별 온도를 확인하면, 뭘 입고 나갈까 고민하지 않아도 되니까. 여긴 화씨를 쓰니까, 화씨로 바꿔서 보낼게요."

"예술보다는 이공계 쪽이 어울려 보이네요."

"포항에서 공대 나왔어요. 고향이 그곳이기도 하고. 전액 장학금에 기숙사. 그땐 선택의 여지가 없었어요."

"그럼 MIT 같은 곳에 가 있어야 하는 거 아닌가? 그게 더 실용적이기도 하고."

"관뒀어요. 시시하진 않은데 재미가 없어서."

그는 줄곧 자신이 선택한 중대한 결정이나 감정에 관한 이야기를 심드렁하게 했다. 대부분의 사람이라면 심각해지거나 우울해질 법한 그런 얘기였다.

"공대 특성상 꽤 유명한 캠퍼스 커플이었는데, 그 친구가 저랑 헤어지고 나서 바로 결혼했어요. 오래 사귀었던 친구라 잘 안다고 생각했는데. 솔직히 대단하다고 생각했어요. 한 달 만에 다른 남자와 결혼했으니까."

"괴로웠겠네요."

"헤어진 게 아니라 해고당한 기분이랄까. 퇴직금 대신 청첩장이 날아왔는데 이렇게 써 있었거든요. 넌 나를 단 한 번도 사랑한 적이 없어! 넌 너밖에 몰라!"

"너밖에 모른다고 비난했던 사람한테 청첩장을 보냈다고요?"

"결혼하는 상대가 제 지도교수였거든요. 실험실 보스."

누군가의 얘길 대신 전해주는 사람처럼 그의 얼굴에는 감정의 동요가 없었다.

"바다가 보이는 곳에서 살다 보면 육지가 답답해요. 혹시 몬탁 가봤어요?"

"아뇨."

"좋아요, 거기. 관광객들 없는 2월은 특히 더."

어떤 이야기들은 장소가 바뀌어도 끝나지 않는다.

그날 생각나지도 않을 만큼 많이 걸었다. 그는 내게 자신의 유년기를 들려주었다. 어린 시절의 얘길 스스럼없이 들려주는 한국 사람은 오랜만이었다.

"낮잠을 자고 일어났는데 주위에 아무도 없었어요. 햇볕이 얼굴에 닿았는데 갑자기 눈물이 나는 거예요. 엄마가 날 놔두고 사라진 것 같았어요."

그는 먼 곳을 바라봤다.

"일 때문에 밤늦게 엄마가 돌아왔을 때, 제가 엄마 손을 붙잡고 3일 동안 놔주질 않았대요. 나중에 둘째 이모에게 들어서 알게 됐는데, 엄마가 나를 임신했을 때 사람들이 낳지 말라고 했대요. 지금은 경제적 안정이 먼저라고 얘기한 건 아빠였고."

"상처받았겠어요. 슬프고."

"미안했어요. 엄마에게."

"미안했어요?"

그가 고개를 끄덕였다.

"나 때문에 많이 아팠거든요. 절 낳고 나서 세 번이나 유산했어요. 초등학교 4학년 때 엄마가 국어사전을 사줬어요. 그때 사전을 받고는, 아 이제부터는 모르는 게 있으면 이 사전을 들춰봐야겠구나, 생각했어요. 엄마한테 내가 뭘 물어봤는데 대답할 수 없으면 엄마가 창피해할 테니까."

그는 나를 바라봤다.

"뉴욕에서 공부할 때 아픈 걸 참다가 맹장염이 복막염이 된 적이 있어요. 그때 엄마가 뉴욕에 잠시 머물렀는데 어디선가 장을 보고 늘 한국 음식을 만드셨죠. 침대에 앉아서 미역국에 밥을 말아 먹을 때마다 의아했어요. 집 근처에는 한인 마트는커녕 아시아 마트도 없었거든요. 대체 엄마는 어디에서 이런 재료들을 사 오는 걸까. 전 엄마가 영어를 하는지 못하는지 몰라요. 알파벳은 읽을 수 있는지, 간단한 인사 정도는 할 수 있는지."

"엄마가 영어로 말하는 거 들어본 적 없어요?"

"단 한 마디도!"

"궁금하지 않았어요?"

"궁금했어요."

그가 잠시 말을 멈췄다.

"하지만 평생 못 물어볼 거예요. 엄마가 대답하기 곤란해할지도 모르니까. 그 친구랑 헤어질 때도 그랬어요. 결혼식에 갔을 때도 그랬고."

헤어질 때, 그의 뒷모습을 오랫동안 지켜보았다.

그는 눈에 보이지 않는 가방을 멘 듯 왼쪽 어깨를 내리고 걸었다. 낙엽들이 공중으로 부유해 흩어지고 있었다. 그것은 바람에 실려 천천히, 아주 멀리까지 날아갔다. 물기 없이 버석거리는 낙엽이 내 발밑에 떨어졌다. 벚꽃이 피고 지는 봄처럼 명백한 가을의 절정이었다. 그는 정확히 그 가을의 가장 끝에 서 있었다. 단풍나무 쪽으로 걸어가는 뒷모습은 점점 더 아름다운 쪽을 향해 구부러지고 있었다.

가을 끝의 단풍나무를 바라보는 일은 늘 요란스럽게 느껴졌다. 그것은 아름답지만 내겐 소음으로 가득 찬 아름다움이었다. 계절을 지나는 동안 녹색이었던 잎 전부를 붉고 노랗게 만드는 단풍의 기능이 해충에 대한 경고라는 사실을 알게 된 건, 고등학교 때 본 내셔널 지오그래픽의 다큐멘터리에서였다. 단풍이 진딧물 같은 곤충을 향해 겨울을 나는 자신의 경계 태세가 얼마나 철저한지 온몸으로 알리는 나무의 용맹정진이라는 것이다. 몸 전체의 색을 바꾸는 행위에는 엄청난 신체적 비용이 따른다. 그러므로 가장 또렷한 가을빛을 내는 나무는 주위 그 어떤 것들보다 건강한 나무다. 그렇게 나무의 겨울나기는 먹을 것을 극한까지 비축해 견디는 동물의 그것과 정반대로 이루어진다.

축적은 나무의 생존 방식이 아니다.

나무는 축적하는 것이 아니라 버리는 것으로 혹독한 겨울 준비를 마친다. 그러므로 사람들이 나무의 절정이라고 말하는 단풍의 붉은 빛은 '나를 건드리지 마!'라는 메시지를 피로 쓴 혈서다. 나는 단풍을 만드는 나무들의 화학작용을 이해하면서 기꺼이 버릴 준비가 되어 있는 존재는 극한까지 아름다울 수 있다는 걸 알았다. 아름다움은 고통 안에서 만들어진다는 것 말이다. 비극이 아름답다면 그런 이유일 것이다.

"잘 가요."

그의 뒷모습을 보며 속삭였다.

나는 버림받을 뻔한 아이가 보냈을 어떤 시간을 짐작했다. 자기 안의 많은 것을 버려야 버림받지 않는다는 것을 깨달았을 때의 외로움. 그 시간을 견디고 나면 삶의 어느 순간도 지금보다는 덜 외로운 거란 생각이 유일한 위로가 되었을 시간을 말이다. 버림받지 않는 유일한 방법은 그러므로 먼저 버리는 것밖에 없다는 걸 그 역시 깨달았을지 모른다.

비가 내리면 낙엽은 하수구로 모여들어 뉴욕의 옛길들을 진창으로 만들 것이다. 물에 불어 바닥에 들러붙은 낙엽을 치우기 위해 청소부들의 빗자루는 조금 더 바빠질 것이다. 아름다움은 마지막엔 이토록 처참하게 무용한 것이다.

"조성주."

나는 걷고 있는 그의 등 뒤로 그의 엄마가 지어주었을 이름을 불러보았다. 여전히 바람이 불었고, 많은 것이 바람에 맞추어 흔들거렸다. 나는 마지막까지 그의 얼굴을 떠올리다

이야기를 나누는 동안 그가 한 번도 웃지 않았다는 걸 깨달았다. 그의 얼굴엔 감정을 표현해본 적 없는 사람 특유의 표정이 있었다.

무표정.

그것이 무엇인지 나는 알고 있었다. 무표정은 존재하지 않는 표정이 아니다. 어떤 것들은 넘쳐야 비워진다. 무표정은 감정들이 넘쳐흘러 비로소 비워진 얼굴의 단면이다. 그것은 말로 전달하거나 몸짓으로 표현할 수 없어, 어느새 사라진 외로움의 측면 같은 것이다. 그의 뒷모습을 보며 웃지 않는 아이라는 별명을 가졌던 내 유년의 가을 풍경이 떠올랐다.

그가 멀어질수록 심장에 통증이 느껴졌다. 결국 나는 그에게 말하고 싶었던 것을, 진심으로 묻고 싶었던 것을 물을 수 없었다.

"내게 왜 거짓말한 거죠?"

나는 그의 편지에 답장을 쓰지 않았다.

답장은 내 착각이 아니었다.

답장은 그의 거짓말이었다.

(RE):(RE):(RE):(RE) 조성주입니다.

쓰지도 않은 편지에 유령이 보낸 답장처럼 도착한 편지를 나는 몇 번이고 바라봤다.

08

그를 만나고 돌아온 다음 날, 나는 침대에서 일어나지 못했다. 회사에 병가를 내고 종일 잠을 잤다. 목이 마르면 냉장고에 있던 우유를 꺼내 마시고, 다시 침대로 돌아가 잠들었다. 부정맥이 생겼던 고등학생 때처럼 심장 한끝이 쥐어짜듯 조여오고 아팠다. 통증은 자는 동안 잠시 잊혔다가 깨면 다시 찌르듯 심장을 압박했다. 이가 닥닥 부딪힐 정도로 추웠다. 땀에 젖은 속옷을 몇 번이고 갈아입다가 결국 옷 입기를 포기했다. 나는 두꺼운 이불을 꺼내 와 뒤집어쓴 채 침대 안에서 고꾸라졌다 잠들었다.

현관의 벨이 울렸다.

벨은 정확한 간격으로 쉬지 않고 울렸다. 벨 소리만으로 누가 왜 문밖에 서 있는지 알 것 같았다. 평생 포기를 모르고 살아온 노인의 고집을 꺾을 수 있는 사람은 없다. 벨이 스무 번쯤 울렸을 때 나는 참지 못하고 침대에서 일어났다. 어떻게 현관문까지 걸었는지 기억이 나지 않았다. 문 앞에는 집주인 주세페가 서 있었다. 그는 잠시 놀란 얼굴로 나를 보더니 밀린 우편물이라며 전시 도록과 편지들을 내밀었다.

"마리, 밖이 많이 추워."

그는 커다란 토마토 한 개를 내 손에 쥐여주었다. 내가 대학을 다니던 시절부터 십 년 넘게 계속된 그의 루틴이었다. 토마토를 많이 먹어야 건강하다는 지론을 가진 아흔 살 이탈리아 노인의 고집은 대단한 것이어서, 그는 한사코 마다하는 내 손 위에 언제나 뒷마당에서 키운 토마토와 가지를 대여섯 개씩 올려놓고 사라졌다. 혼자서는 절대 다 먹을 수 없는 양이었지만 이탈리아 남자답게 내게 분명히 숨겨놓은 애인이 있다고 믿는 눈치였다.

"감기 조심해라, 마리."

주세페가 사라지자 비로소 뒤에 낯선 남자의 모습이 보였다. 남자는 자신의 얼굴을 붉은색 작약 꽃다발로 가린 채 현관문 앞에 서 있었다.

"갤러리에 전화해서 릴리에게 집 주소를 물어봤어요."

작약을 내리자 남자의 얼굴이 드러났다. 성주는 나를 보더니 입고 있던 재킷을 벗었다.

"오늘은 재킷을 입고 그 위에 목도리를 해야 하는 날씨예요."

그는 내 어깨에 자신의 재킷을 숄처럼 둘렀다. 그리고 자신의 목도리를 재빨리 풀어 내 목에 감았다. 체온이 묻어 있는 것들은 언제나 따뜻했다. 그가 자신의 비니까지 벗어 내 머리에 씌우는 동안, 나는 현관문을 열고 우두커니 서 있었다.

"걱정했어요."

지금은 좀처럼 보이지 않는 그 얼굴이 그때는 어항 속처럼 들여다보였다. 그것은 터무니없는 사랑에 빠진 남자의 얼굴이었다. 그의 얼굴 속에는 전화를 받지 않은 나에 대한 걱정과 분노가 함께 담겨 있었다.

"나가줘요."

그는 처음부터 내 말 따윈 듣지 않았다.

"제발!"

그는 허락 없이 내 집에 들어왔다. 질문 없이 화병을 찾았다. 기척 없이 물을 따를 컵을 찾았고 냄비를 찾아 가스레인지에 물을 끓였다. 그리고 자신이 혐오하는 유기농 음식점에서 사 온 야채수프를 담을 그릇과 은색 스푼을 끝내 찾아 냈다.

"탈수증 생겨요, 물 안 마시면. 따뜻한 것부터 먹어요."

나는 뒤늦게 약효가 퍼지기 시작한 수면제 때문에 자꾸 감기려는 눈을 부릅떴다. 그가 집 안의 서랍들을 전부 열어보는 걸 지켜봤다. 그가 서랍 안에 정리된 내 물건들을 꺼내는 소리가 들렸다. 일주일 전이라면 낯선 남자가 내 집에 들어와 내 물건에 손을 대거나, 화병이 아닌 물병 안에 꽃을 꽂도록 내버려두진 않았을 것이다. 그런 일은 내게 절대 일어날 수 없었다. 하지만 그 순간 내가 한 말은 이제 나가달란 말이 아니었다. 그것은 길고 나른한 하품이었다. 여전히 왼쪽 심장이 아팠다. 너무 아파서 잠드는 것 이외에 통증을 이길 방법은 떠오르지 않았다.

나는 침대에 쓰러졌다. 천장이 조금씩 내 밑으로 가라앉듯 내려왔다. 수면제의 부작용이 반복해서 꾸는 꿈이란 얘긴 어디에도 없었다. 하지만 나는 같은 꿈을 반복해서 꿨다.

꿈속에서 나는 그와 사랑을 나눴다. 사랑을 나눈 후, 작고 말랑해진 그의 성기를 만지며 나는 남자에게 한 번도 해보지 않았던 말을, 하지만 언제나 해보고 싶었던 말을 속삭였다. 내 말이 그의 귀를 적시며 가장 깊은 곳까지 흘러 들어가길 바랐다.

"포경 수술을 하지 않은 남자는 네가 세 번째야."

나는 새끼손가락 하나를 그의 왼쪽 귀에 깊숙이 밀어 넣으며 "나는 포경 수술한 남자의 '그것'을 좋아하지 않아"라고 말했다.

"첫 번째 남자는 웃음소리가 유별나게 큰 사람이었어. 머리가 좋고 인정머리라곤 하나 없는 사람이었지. 그는 쓰나미로 폐허가 된 가난한 고향으로 돌아가서 자기 나라의 외무부 장관이 됐어."

나는 계속해서 그의 귀 가장 깊은 곳까지 삽입하듯 한 번도 해보지 못한 말을 밀어 넣었다.

"넌 네 포피를 의사에게 강탈당하지 않고 간직한 덕분에 나를 더 깊게 느낄 수 있게 된 거야."

사정하듯 쏟아져 나온 말에 그가 처음으로 웃었다. 그가 나를 힘껏 끌어안을 때마다 나는 그의 목덜미와 손등에 손톱을 밀어 넣었다. 통증과 쾌감은 경계 없이 허물어졌다. 비틀린 비명이 입술 밖으로 새어 나와 침대 이곳저곳을 적셨다. 아무도 없는 벼랑 끝에서 그와 손을 잡고 서 있는 내가 보였다. 숨결이 느껴지는 간격이, 그 아득한 거리가 비현실적으로 느껴졌다.

"당신 숨 냄새가 좋아."

내가 속삭였다. 그는 날숨이 이산화탄소 냄새라고 말하다가 한 번 더 웃었다. 꿈속의 그는 자주 웃어서 이전의 그와는 조금도 같은 사람이 아니었다.

"두 번째 남자는?"

"……."

"마리, 내게 말해봐. 그 남자는 누구지?"

"그는…… 포경 수술을 하지 않은 미국인 비뇨기과 의사였어."

나는 눈을 감은 채 속삭였다.

성주의 웃음소리만으로 그 미소가 얼마나 크고 넓게 퍼졌는지, 그의 몸 여기저기를 얼마나 간지럽게 했는지 알 수 있었다. 나는 그의 목덜미에 손을 얹었다.

"두 번째 만났을 때, 당신 셔츠의 단추들을 풀고 싶었어. 하나를 풀면 숨 쉬기가 수월해질 거라고 말해주고 싶었어. 두 개를 풀면 바람이 더 많이 들어와서 시원해질 거라고."

나는 눈을 감은 채 비밀을 고백하듯 속삭였다.

"이렇게 셔츠의 단추를 풀고 싶었어. 하나, 둘, 셋, 넷……."

"다섯, 여섯……."

"그래, 일곱 개."

"단추가 조금만 달린 셔츠를 입고 올걸. 네가 빨리 풀 수 있도록."

햇볕이 묻은 이불 위에서 나는 그가 입었던 셔츠의 단추 숫자보다 더 많이 그를 탐색하고 탐닉했다. 꿈속의 시간은 배경만 바뀐 채 정지했거나 고장 나 멈추어 선 것 같았다. 그러나 여전히 왼쪽 심장의 통증이 느껴졌다.

눈을 떴을 때, 밖은 어두웠다.

내 이마 위에는 바짝 마른 수건이 세 겹으로 접혀 있었다. 나는 잠옷을 입고 있었다. 그가 내 옆에 비스듬히 누워 있는 게 보였다. 이마에서 수건을 내리고 잠든 그의 얼굴을 바라보았다. 시간이 얼마나 흘렀는지 알 수 없었다.

나는 침대에서 조심스레 일어났다. 부엌으로 걸어가 커피 한 잔을 내렸다. 시계를 보니 새벽 4시였다. 창가에 서서 해가 떠오르길 기다리는 동안 커피 두 잔을 더 마셨다. 두통이 가라앉길 바라면서 꺼져 있던 핸드폰의 전원을 켰다.

세 통의 부재중전화에는 라이언의 이름이 찍혀 있었다. 나머지 여섯 통의 부재중전화는 성주였다. 나는 거의 1시간 간격으로 번갈아 가며 찍힌 라이언과 성주의 이름을 확인했다.

"배고프지 않아?"

낯선 목소리가 들려왔다. 그의 코끝이 목덜미 아래에 와 닿았다. 창문에서 바람이 불었고 시폰 커튼이 왼쪽 방향으로 움직였다. 그의 입술이 어느덧 목덜미와 귓불 위에 맞닿았다. 자연스럽게 그는 내 옷의 단추를 열고 있었다.

"침대로 가자."

꿈이 아니라면 이 일을 어떻게 받아들여야 할까. 그때, 그의 손등에 난 선명한 상처를 보았다. 그것은 날카로운 무엇인가에 긁힌 자국이었다. 가령 며칠 동안 깎지 않은 여자의 손톱 같은 것.

09

릴리도 나와 똑같은 메일을 받았다는 건 석 달 후였다.

다른 점은 한 가지였다.

그녀의 메일엔 최승자 대신 에밀리 디킨슨의 시가 동봉되어 있었다.

10

릴리 메이슨은 작가를 고르는 데 까다로웠다.

그녀는 이니셜의 첫 글자로 누군가를 지칭하는 걸 좋아했는데, J는 제리 헌팅턴을 가리켰고, K는 케빈 존슨, M은 마이크 린드버그를 지칭했다. 프랫을 나와 뉴욕과 시카고에서 많은 그룹전과 개인전을 치른 J는 재능에 비해 야망이 너무 큰 게 마음에 안 들었다(그런 사람은 언제든 배신할 준비가 되어 있기 때문에). 파슨스를 나와 강렬한 개인전을 세 번이나 치른 K는 야망이 너무 없는 게 마음에 안 들었다(그런 사람은 뉴욕 같은 정글에서 살아남기 힘들기 때문에). 컬럼비아에서 MFA 학위를 딴 M은 자신이 가진 게 야망인지 열등감인지 구분하지 못하는 게 마음에 안 들었다(그런 사람은 성공하고도 자기 콤플렉스에 시달릴 가능성이 높기 때문에). 그녀는 M이 호랑이와 고양이도 구별 못 하는 마더 콤플렉스 환자라고 진단하기도 했다.

릴리의 모든 말에는 '열정적인 큐레이터' 혹은 '헌신하는 큐레이터' 같은 목적어가 생략되어 있었다. 그녀의 말을 제대로 이해하려면 그 점을 알아야 했다. 생략된 목적어를 대입해 완전한 문장을 만들면, 그제야 "J 같은 사람은 언제든 자기를 키워준 헌신적인 큐레이터를 배신할 준비가 되어 있다" 같은 릴리의 온전한 생각을 읽을 수 있었다.

성주는 릴리가 선택한 작가였다.

"난 그가 현대적이지 않다는 점이 맘에 들어. 부조화를 보면서 느끼는 조화 같은 거 말이야. 성주는 중세인 같아."

나는 그녀의 인상비평에 동의했다. 하지만 릴리가 말한 방식은 아니었다. 그즈음 릴리와 점심을 먹으러 가끔 밖으로 나갔다. 우리는 거리의 악사들이 연주하는 밥 딜런의 노래를 듣다가 샌드위치를 사고 남은 동전을 던지기도 했다.

"저 건물 보여?"

아몬드 크루아상을 든 릴리는 워싱턴스퀘어 파크에서 가장 잘 보이는 건물 하나를 가리켰다. NYU 건물이었다. 그녀는 저 붉은색 벽돌 건물이 NYU에서 학업 스트레스로 가장 많은 학생들이 뛰어내린 곳이라고 말했다. 그녀는 언젠가 저 건물의 옥상 위에 서 있던 날을 얘기했다.

"그때 절망감에 뛰어내렸더라면 지금 너랑 이곳에 있지도 않았겠지?"

그해 여름 릴리는 학업을 끝까지 마치기 위해 한 가지 결정을 내렸다. 미혼모는 릴리 메이슨에게 옵션이 아니었다. 하지만 릴리는 수술 직전 의사에게 그 아이가 남자였는지 여자였는지 물어보지 않은 게 후회된다고 했다. 탯줄을 목에 감은 꿈속의 아기가 남자인지 여자인지 구별할 수 없기 때문이라고 했다. 그녀는 자신의 악몽에 자주 등장하는 그 아기에게 이름을 붙여주고 싶었다.

"캐리처럼 남자도 여자도 함께 쓰는 이름은 안 돼. 나는 조금 더 선명하고 아름다운 이름을 짓고 싶어. '마리'라는 네 이름도 그렇잖아? 어떤 나라에서도 완벽한 여자 이름이니까. 마리라는 이름을 가진 남자는 본 적이 없거든."

"아기가 보고 싶은 거야?"

나는 릴리의 얼굴을 바라봤다.

"아니!"

그녀의 얼굴에는 표정이 없었다. 나는 그녀의 손을 있는 힘껏 붙잡았다. 무표정한 것보단 우는 쪽이 언제나 더 나았다.

그게 덜 아프단 증거였다.

"마리. 설마 우는 거야? 네가 왜?"

"……."

"일단 네 손부터 좀 내려놓을래?"

릴리가 나를 빤히 바라봤다.

11

내가 이혼의 충격으로 회사에 있는 모든 남자들과 자고 다닌다는 얘길 꺼낸 건 릴리였다.

상관없었다.

그녀가 모르는 것도 있었다.

나는 신시아와도 잤다.

12

내가 행복을 다행이라 바꿔 부르는 사람이란 건 나도 안다. '행복하다'는 내게 '불행하지 않다'는 말과 같았다. 인생의 목표가 행복인 사람은 결코 행복해질 수 없다는 걸 나는 일찍부터 알고 있었다. 어릴 때부터 가졌던 의문은 그런 것이었다. 어째서 어떤 사람에겐 '살다'나 '즐기다'로 수렴되는 삶이 어떤 사람에겐 '견디다'가 되어야 할까. '행복하다'는 말은 '운이 좋았다'라는 말로 바꿔 불러야 하는 게 아닐까. 물론 '운이 좋았다'라는 말 앞에는 '지금까지는!'이란 말이 첨언되어야겠지만. 바로 직전까지 '나는 정말 행복하다'라고 외치던 사람이 달려오는 차에 한쪽 다리를 잃는다면, 그는 여전히 자신을 행복한 사람이라고 말할 수 있을까.

처음 강아지를 키우고 이름을 붙이고 삶과 죽음 모두를 짧은 시간 안에 지켜보던 순간을 기억한다. 쥐약을 먹고 눈을 부릅뜬 채 죽은 강아지 옆에서 나는 3일 동안 밥도 먹지 않고 울었다. 엄마는 이런저런 이유로 너무 자주 웃고, 너무 자주 우는 나를 걱정했다.

"마리, 남자들은 그런 여자를 좋아하지 않아!"

알고 싶지 않아도 시간이 흐르면 깨닫게 되는 것들이 있다. 감정을 드러내면 연민을 끌어내기보단 어떤 식으로든 이용당한다는 것 말이다. 악의 없이도 그런 일은 얼마든지 일어날 수 있었다.

사람은 다른 사람의 연민을 이용한다. 사람은 자신을 좋아하는 사람의 감정을 손쉽게 착취한다. 나의 부모님이 그것을 '상황이 거짓말하게 한다'라거나 '철든다'라고 말하는 걸 들었을 때, 나는 그 말의 뜻을 몰랐다. 진실과 진심이 얼마나 다를 수 있는 것인지도.

일곱 살 때, 처음 집 앞에서 낯선 남자와 마주쳤다. 남자는 울고 있었고 엄마는 말이 없었다. 그즈음 엄마는 잠든 나를 끌어안고 자주 흐느꼈다. 알고 싶지 않은 가족의 비밀은 비밀을 지키고자 하는 두려움의 크기 때문에 결국 물 아래 사체가 부유하듯 스스로 제 모습을 드러낸다. 가장 끔찍한 형태로 말이다. 그렇게 나는 아빠의 숨겨진 연인마저 목격했다.

그것이 상대에 대한 복수이든 결혼 자체에 대한 권태이든 내겐 중요하지 않았다. 중요한 건 외도의 순서가 아니었다. 나는 그들이 헤어지려 한다는 걸 알았다. 그들이 이혼을 쉽게 결정하지 못한 유일한 이유가 나 때문이라는 것도 알았다. 그들이 나를 얼마나 사랑했는지도.

어떤 날은 폭언과 매로 사랑했고, 어떤 날은 커다란 선물과 포옹으로 사랑했지만 그것이 일관성 없이 불완전했다고 해서 사랑이 아닌 것은 아니었다. 넘치거나 모자라는 게 부모님의 사랑이었다. 그러므로 나는 변해야 했다. 그것이 내겐 '철이 든다'라는 말의 진짜 의미였다.

복잡한 신변의 문제들을 정리하기 위해 부모님이 나를 먼저 미국에 보내 교육시키기로 결정한 순간, 인생의 많은 것이 내 의지와 상관없이 바뀌었다. 엄마는 내게 울지 않는 말 잘 듣는 아이가 되어야 한다고 여러 번 말했다. 나는 착한 딸처럼 고개를 끄덕였다. 어떻게 해도 울지 않는 아이가, 무엇을 해도 웃지 않는 아이가 되기까지 긴 시간이 걸리지 않았다. 어느 순간 내겐 울지 않는 것보다 우는 게 훨씬 더 힘들었다. 나는 점점 억울하고 분할 때만 우는 아이가 되었다.

아홉 살 때부터 한인 교회 목사 사택에서 자랐다. 목사님은 아빠의 중학교 친구로 사업 실패 후 신학대학에 입학했고, 늦은 나이에 기독교에 입문한 만큼 교회 사역에 열정적이었다.

엄마와 아빠가 나를 데리러 오지 않을까 봐 매일 기도했다. 찰스 디킨스 소설의 아이들처럼 고아가 되는 꿈을 자주 꿨다. 내 꿈은 디킨스의 소설보다 훨씬 더 끔찍했는데, 그건 내가 영어를 전혀 할 수 없는 아이였기 때문이었다.

주기도문이나 사도신경을 외울 때마다 나는 '아멘'이라고 말하는 대신 '엄마'라고 말했다. 가끔 죄책감을 느끼며 '아빠'라고 끝맺기도 했다. 그런 날은 '아빠'라고 한 번 더 외쳤다. 엄마가 나를 안아주길, 아빠가 내 손을 놓지 않고 잡아주길 매일 기도했다. 그렇게 나는 점차 '불안하다'거나 '두렵다'는 말을 '걱정된다'거나 '힘들다'는 조금 덜 감정적인 말로 바꿔 쓰기 시작했다.

엄마는 삼 년 후, 미국에 들어왔다.

아빠가 한국의 일을 정리하고 가족이 다 모인 건 열네 살 때였다.

우리는 맨해튼 시내에서 1시간 넘게 떨어진 플러싱에 살았다. 그곳엔 뉴욕에서 가장 큰 한인 마트가 있었고 한국어 간판을 단 상점들이 즐비했다. 유학생들이 이곳을 한인들의 게

토라 부른다는 걸 알게 된 건 시간이 더 지난 후의 일이었다.

그들은 한국에서의 실패를 만회하고 싶어 했다. 관계의 실패, 경제적 실패, 그 모든 실패를 말이다. 내 부모는 대부분의 이민자처럼 24시간이 모자랄 정도로 일만 했다. 처음에는 마트, 그다음에는 세탁소였다.

애정 없는 부부의 삶에는 필연적으로 자식을 키우기 위한 돈이 종교처럼 깃들었다. 자국에서 잘나가던 사람일수록, 반듯한 직장을 가졌던 사람일수록, 미국 생활을 힘들어했다. 그들은 미국 문화에 쉽게 동화되지 못했고, 한국에서 사는 것보다 제한적이고 보수적으로 지냈다. 한국에서보다 한국 드라마를 더 자주 봤고, 한인 마트와 한인 식당에서 장을 보고 끼니를 해결했으며, 한국 뉴스를 더 꼼꼼히 챙겼다. 없던 신앙심도 점점 더 자라나 새벽기도회를 빠지지 않고 다녔다.

플러싱의 한인 교회를 중심으로 우리가 사는 반경 몇 킬로미터 안의 풍경이 온전한 부모님의 세계였다. 사람들이 뉴욕이라고 생각하는 그곳과는 별개의 공간이었다. 플러싱의 맥도날드에는 한국 노인들이 모여 커피 한 잔과 프렌치프라이를 시켜놓고 종일 박정희와 전두환 시절의 경제 부흥기와 한국에서 잘나가던 호시절에 대해 얘기했다. 과거를 그리워하는 사람들에게 현재는 따분하기 짝이 없는 것이라, 그들은 지금이 아니라 언제든 과거를 향해 쏜살같이 달려갈 수 있었다.

열아홉 살의 내가 아홉 살의 나보다 덜 외로웠다고 말할 수는 없었다. 목사 사택의 8인용 식탁에서 열한 명이 앉아 식사를 했던 아홉 살 때에는 저곳에 의자 두 개만 더 갖다 놓으면 엄마와 아빠를 앉힐 수 있다는 생각뿐이었다. 희망이 있는 한 사람은 어떻게든 살아갈 수 있다. 문제는 희망이 현실로 이루어지고 난 이후의 일이다. 한때 간절히 원했던 부모라는 존재가 나를 더 외롭게 만들었다. 여드름이 나기 시작할 즈음 나는 혼자 잠들고, 도시락을 만들고, 4인용 식탁에 홀로 앉아 냉장고에 든 음식을 전자레인지에 데워 먹는 일에 익숙해졌다.

한국에서 실패한 이민자의 딸이 자기 존재를 인정받는 유일한 방법은 학업 성적을 유지하는 것뿐이었다. 부모들 간의 경쟁도 대단했고 아이들 간의 시기도 심했다. 이민자의 아이들이 겪는 학업 스트레스는 한국과 다르지 않았다.

비슷한 이유로 이민 2세대 아이들은 보통의 미국인들보다 더 조숙했고, 더 빨리 결혼을 선택했다. 부모들이 맹렬히 돈을 버는 동안 홀로 남겨져 생긴 결핍감 때문이었을 것이다. 그렇게 몇몇 외로운 여자아이들은 아직 성욕과 사랑을 구별하지 못하는 어린 남자들과 뜨겁게 연애했다. 그리고 뜨거웠던 만큼 차갑게 식는 것이 사랑이란 걸 깨달았을 땐, 스물대여섯 살에 이혼녀가 되기도 했다.

부모들은 아이들의 연애에 민감했다. 신분이 불안정한 외국인이나 유학생과의 결혼은 특히 내켜하지 않았다. 자신의 아이가 그들의 신분 세탁에 이용당하는 것에 큰 두려움을 느꼈다. 하지만 세상일이 그렇듯 경고와 경계가 심해질수록 정확히 그런 일을 당할 가능성은 더 커졌다.

스스로를 납득하기 위해 나는 나를 개별적 개인이 아닌 한 집단의 표본 구성원으로 분리해야만 했다. 가족에게조차 비밀이 된 결혼과 이혼은 그렇게 해야만 감당되는 종류의 고통이었다. 그토록 멀리까지 달아나고 싶었지만, 나는 한 집단의 전형적인 패턴에서 한 치도 벗어나지 않은 삶을 살고 있는 끔찍하게 지루한 여자가 되어 있었다.

한 달 전, 성주의 변호사가 릴리에게 전화를 걸었다.

변호사는 릴리에게 우리와 함께 찍은 사진이 있는지 물었다. 영주권 심사나 이후 진행될지도 모를 추방 재판 때 그를 위해 증언하거나 도와줄 수 있는지의 여부도 물었다.

"변호사 착수금만 9000달러래. 성공 보수는 별도고. 성주한테 상담이 필요하면 전화가 아니라 이메일을 쓰라고 했어. 변호사들은 시간당 페이를 받는다고. 전화 한 통 한 것까지 전부 시간으로 계산해 비용 처리한다니까. 특히 이민법 전문 변호사들은 신분이 불안정한 사람 약점 잡아 물고 늘어지는 데 선수거든."

나는 그의 번호가 찍힌 열한 통의 부재중전화를 떠올렸다.

"가난한 예술가가 무슨 돈이 있겠어? 성주가 한국으로 추방당하는 건 우리한테도 좋지 않아."

그것은 사실상 부탁이 아닌 요청에 가까운 말이었지만 나는 대답하지 않았다. 그녀가 내 침묵을 오해하리란 것도 알았다. 그러나 말을 해서 생기는 오해보다는 말을 하지 않아서 생기는 오해를 견디는 쪽이 수월했다.

"마리, 내 말 듣고 있어?"

창문 사이에 맺힌 빗물이 초점이 나간 사진처럼 뿌옇게 보였다. 성주라면 창밖 풍경에 '2인칭 눈물 시점' 같은 멜랑콜리한 제목을 붙였을 것이다.

"듣고 있어."

나는 릴리의 얘기를 귀 기울여 듣고 있었다. 너무 잘 듣고 있었기 때문에 릴리가 성주를 배려했다면 실제로 내게 했을 말도 알았다. 만약 그녀가 성주의 국외추방을 정말 염려했다면 그녀는 걱정을 쏟는 대신 그의 아티스트 비자를 위해 즉각적인 행동을 취했을 것이다. 그녀가 회사 이름으로 그의 재정과 복잡한 신원 문제를 보증한다면 그는 뉴욕에 머물며 활동할 수도 있을 것이다.

성주에겐 신원상의 문제가 더 있었다. 병무청의 현역 입영 대상자였던 그는 대한민국 정부로부터 안정적인 여권을 받은 적이 없었다. 한국으로 출국할 때마다 그는 대사관에 가서 불안정한 자신의 여권을 갱신해야 했다. 영주권 심사 탈락은 곧 그의 입대를 의미했다. 릴리는 자신이 가진 권력으로 성주를 구해줄 수도 있었다. 하지만 그것이 내 잘못인 것처럼 책임을 전가하고 있었다.

"이 상황을 사적으로 오해하지 않았으면 좋겠어. 성주는 내가 관심 있게 지켜보고 있는 작가야."

나는 릴리를 오해하지 않았다. 그녀를 이해했기 때문에 그녀의 '오해하지 말라'는 말이 얼마나 오해의 여지가 많은지 아는 것뿐이다. 쿨한 미국인들의 공적, 사적 분류에는 넌더리가 났다. 대체 무엇이 공적이고, 사적인가. 감정은 그저 스미거나 섞이는 것이다.

그녀는 라이언 스틸을 좋아했다. 문제는 라이언이었다. 라이언은 여자들에게 관대했지만 릴리에게만은 거리를 유지하려 들었다. 그가 나와 가까워질수록 릴리는 내가 라이언을 특별한 용도로 조종하고 있다고 믿었다. 오해하지 말라는 말을 말끝마다 하는 그녀야말로 나를 완벽히 오해하고 있었다.

'나는 너를 사랑하는데, 너는 왜 나를 사랑하지 않는가'라는 말은 공감할 수 있는 말이긴 해도 옳은 문장은 아니다. 네가 나를 사랑하는 건 나와 별개의 문제일 수 있고, 내가 너를 사랑한다고 해서 너도 나를 사랑해야 하는 건 아니기 때문이다. 그러나 누구나 다 알고 있는 이 자명한 사실에 사람들은 한 번 더 상처받는다. 내가 사랑하는 사람이 동시에 나를 사랑하는 일, 이것보다 더한 기적을 나는 본 적이 없다. 릴리는 보통의 사람들처럼 기적의 주인공이 되지 못했을 뿐이다.

그녀는 성주의 불안정한 신분을 나를 추적하는 데 이용하고 있었다. 성주와 유독 가깝게 지내는 것도 그를 통해 나에 대한 사적인 얘길 듣고 싶어서였을 것이다. 조성주와 릴리 메이슨의 우정은 뉴욕에선 흔한 악어와 악어새 같은 것으로 몰락의 단초가 명확했다. 메일 주소나 전화번호 숫자 하나만 바뀌어도 당장 샴페인 거품처럼 사라질 우정 말이다.

릴리는 내게 직접 이혼에 대해 물은 적이 없었다. 평소라면 당장 물어봤을 말들, 정말 이혼을 결심한 것인지, 언제 이혼할 것인지, 남자가 있는 건 아닌지, 이혼 후 새로운 데이트는 언제 시작할 것인지에 대해서 말이다. 대신 그녀는 참을성 있게 뭔가 기다리고 있는 것처럼 보였다. 스스로 중단 수술을 고백했던 워싱턴스퀘어 파크에서처럼 내가 감정에 못 이겨 뜻밖의 얘길 쏟아낼지도 모른다고 생각한 것이다. 가령 라이언과 내가 어디에서, 언제, 몇 번을 잤는가와 같은 문제들을…….

"성주가 지금 렌트비도 못 내고 있다고 들었어."

"그래?"

나는 그녀를 바라봤다.

"마리, 난 네가 조금 더 그에게 시간을 줘야 한다고 생각해. 힘들겠지만 관대해지려고 노력해봐. 잃을 게 없는 사람은 무서운 게 없잖아?"

"잃을 게 없는 사람……."

나는 릴리가 한 말을 되뇌듯 말했다.

릴리가 모르는 게 더 있었다. 사실 그녀가 알고 있다고 생각하는 대부분의 것들은 사실이 아니거나 내 쪽에서 일부러 오해를 방관한 것들이었다. 적어도 성주에겐 이민법 전문 변호사를 살 만한 돈이 있었다. 물론 그것은 불법과 편법을 저지르고서라도 자신을 구원해줄 전문 브로커를 사들일 만한 돈을 의미했다. 그런 변호사라면 그의 군대 문제까지 해결할 묘안을 가지고 있을 것이다. 가령 미군에 입대해 합법적으로 시민권을 얻을 수 있는 방법이라든가, 또 다른 결혼을 계획

해 영주권을 연장하는 방법이라든가. 그것이 어떤 것이든 상상하고 시도할 것이다. 돈으로 해결하지 못할 일이 없다는 건 자본주의가 우리에게 입증한 가장 잔인한 진실 아닌가.

13

성주는 릴리 메이슨보다 더 많은 돈을 매달 벌어들였다.

최소한 열 배 이상일 것이다.

적어도 내가 아는 이 년 동안은 그랬다.

14

성주는 포르노그래피를 찍었다.

사진 속의 여자들은 대부분 미국의 삼 개월 무비자 여권을 들고 와서 자발적으로 불법체류자가 되는 사람들이었다. 그와 동거하기 시작했을 때, 나는 그가 각기 이름이 다른 세 개의 한인 매춘 사이트 어드민을 관리하고, 사진을 전담하는 책임자라는 사실을 알게 됐다. 그중에는 '조용한 백설공주'라는 기이한 이름의 사이트도 있었다.

사이트에는 여자들의 사진이 나열되어 있었다. 상품처럼 이름 옆에는 시간당 300~400달러라고 적힌 가격표와 눈동자, 머리카락 색깔과 가슴, 허리, 엉덩이 사이즈 등이 나열돼 있었다. 흥미로운 건 키 164센티미터에 몸무게 46킬로그램을 가진 여자들의 신체 사이즈였다. 36D컵에 엉덩이 사이즈 38. 현실에서는 거의 존재하지 않는 숫자였지만 업계에서는 그게 표준이었다.

매춘 사이트의 주소는 모두 캘리포니아로 등록되어 있었다. 하지만 주로 한국인 밀집 지역인 플러싱과 퀸스에 가정집으로 위장해 영업 중이었다. 더러 맨해튼 코리아타운의 건물을 임대해 조직적으로 운영되는 곳도 있었다. 그가 어떻게 이 일을 시작하게 됐는지는 정확히 모른다. 그 일을 원래 하던 사진가가 비자 연장에 실패해 추방당했다는 이야기가 전부였다. 하지만 SVASchool of Visual Arts처럼 비싼 예술학교 등록금을 감당하지 못해 한국에 돌아가려던 그를 붙잡은 건 이 일이었을 것이다. 그것은 한 번에 1000달러가 넘는 일로 맨해튼만 벗어나면 300달러의 팁을 따로 받는 일이었다.

성주는 전화로만 일했다.

전화를 받으면 그는 지하철을 타고 맨해튼 32번가 우리은행 앞에서 특정인과 접선했다. 건너편 뚜레쥬르에서 '오곡 화과자'라고 적힌 한국 디저트를 먹는 뉴요커들이 북적대는 코리아타운 한복판에서 그는 낯선 사람이 건네는 현금을 받아 곧바로 지갑에 넣었다. 가끔 그곳에서 출발하는 검은색 밴을 타고 여자들과 함께 교외의 스튜디오나 베어 마운틴, 세븐 레이크 같은 야외로 이동하기도 했다.

그는 그곳에서 고객의 취향에 따라 가슴을 드러낸 채 호피 무늬 팬티만 입은 여자를 호수 옆 느릅나무 아래 세워놓거나, 목에 채찍을 길게 걸고 계단을 오르는 알몸의 엉덩이를 찍기도 했다. 사진을 찍는 장소는 첩보물처럼 매번 바뀌었다.

전화 속 목소리는 여자였다.

그는 그 여자를 이름 없이 '누나'라고 불렀다.

누나는 현금만 사용했다. 그녀는 코카인을 파우더나 수제비라고 부르는 여자였고, 술과 마약으로 정신이 혼미해진 손님의 신용카드를 무단으로 긁어 수천 달러를 청구하는 악덕 업자였다. 자신의 회사를 택시, 화장품, 가발 회사로 위장해 현금을 세탁했던 누나는 청량리 588 출신으로 서른넷에 은퇴해 뉴욕 매춘 조직의 거물이 됐다. 팁에 후한 여자라는 건 일을 하고 돌아오면 언제나 두둑해지는 그의 지갑만 봐도 알 수 있었다.

그의 책상 서랍 안 낡은 나이키 신발 박스에는 신발 대신 50달러, 100달러짜리 현금이 노란색 고무줄에 돌돌 말린 채 쌓여 있었다. 설혹 내가 지폐를 한 뭉치 집어 간다 해도 모를 만큼 많은 돈이었다.

그는 그 돈으로 카메라와 렌즈를 교체했다. 시카고나 산타페에서 열리는 포토 리뷰에 갈 경비와 심사비를 마련했고, 그룹 사진전에 참여하기 위해 필요한 액자와 액세서리들을 구입했다. 장비는 점점 더 많아졌다. 거실의 절반을 잡아먹는 대형 프린터가 들어왔고, 작업과 동시에 사진을 바로 뽑아 확인할 수 있다는 또 다른 프린터가 들어왔다. 그가 사들인 렌즈와 카메라가 집 안을 잠식했다. 그는 곧 집 근처 부쉬윅에 자신의 스튜디오를 얻었다.

함께 살기 시작한 후에야 나는 그가 책상에 앉아 밤새 하는 일의 실체가 무엇인지 알았다. 어째서 'NYPD(뉴욕 경찰국) 한인 매춘 조직, 대대적인 적발!' 같은 기사에 그가 그토록 시니컬했는지도 알게 되었다.

"매춘은 세상에서 가장 오래된 직업이야. 잡초를 몇 개 뽑아낸다고 해서 사라질 리 없어."

뉴욕 경찰의 대대적인 불법 매춘업자 검거 소식에도 그는 태연했다. 검거 소식 때문에 일이 줄면 책 읽을 시간이 늘었다고 좋아하기까지 했다. 하지만 그는 늘 적게 얘기하는 편이 낫다고 생각했는지 대화 도중 말을 멈췄다. 예술가보다 훨씬 더 예술가처럼 보이기 위해 태도를 점검하고, 말하는 스타일을 느긋하게 바꿨다. 하지만 눈을 뜨면 세수도 하지 않고 공모전과 갤러리에 보낸 메일의 답신을 읽기 위해 컴퓨터부터 켜는 그를 볼 때마다 초조함이 그를 조이고 있단 생각에 안쓰러웠다.

계절이 바뀔 때마다 그는 포토 리뷰와 포토 페스티벌에 참여하기 위해 스위스의 바젤, 프랑스의 아를, 일본의 도쿄로 떠날 짐을 꾸렸다. 사진을 찍기 위해 떠나는 여행에도 전시라는 명분을 만들어야 겨우 마음을 놓았다. 그는 한국에 있는 아버지를 늘 의식했다.

"아버지가 날 엄격히 대하지 않았다면, 나는 알코올중독자나 도박꾼이 됐을 거야."

성주의 아버지는 자신이 낸 수학 문제를 풀지 못하면 매를 들어 틀린 개수의 정확히 열 배수를 때리는 매몰찬 사람이었다. 아는 사람 하나 없는 서울에서 지갑을 잃어버린 열두 살 아들에게 포항까지 수단 방법 가리지 말고 내려오라고 한 것도 그의 아버지였다. 성주는 유년기의 학대 경험조차 자식 사랑이라는 명분으로 포장했다.

명절이면 고향에 돌아가 가족을 만나는 유학생들의 평범한 연례행사조차 그에겐 명분이 필요했다. 그는 비싼 치과 치료 때문이라던가, 갤러리의 인턴십, 레지던스 프로그램 참여처럼 어떻게든 서울에 갈 명분을 만들었다. 그것은 옆에서 보기에 안쓰러울 정도의 강박이었지만 이미 성격의 일부가 되어 그를 지배하고 있었다. 그런 면에서 우리는 심리적 쌍둥이였다. 네가 잘해내면 나도 잘해주겠다, 최초의 양육자는 그에게 언제나 불안정한 조건부 사랑만 주었다. 마치 지난날의 내 부모님처럼.

언제 비자가 만료될지, 언제 군대에 가게 될지, 언제 이 불법적인 일이 단절될지 모르는 채 그는 자신의 불안한 현재에 미래를 끌어다 썼다. 기억은 어두웠지만 기대는 언제나 찬란했다. 그의 사진이 삶과 죽음, 빛과 그림자, 그 사이를 표류하는 건 그가 가진 생의 조건과 유사했다. 그는 현재를 늘 과거와 미래 사이에 낀 불안정한 무엇으로 설정했다.

나는 그가 컴퓨터 앞에 '木木'이라고 적은 포스트잇을 멍하니 바라보는 모습을 종종 목격했다. 그가 새롭게 붙인 포스트잇을 본 후, 나는 사전을 뒤져 그 말의 의미를 찾아냈다. 처음에 나는 그것을 수풀 림林이라고 읽었다. 하지만 얼마 지나지 않아 성주가 쓴 말이 그런 의미가 아니라는 걸 알았다. 포스트잇에 적힌 글자는 나무 목木이 두 개였다.

목목.

나무 목이 두 개라는 건 큰 숲을 말하는 걸까. 어쩌면 그가 찍기 시작한 새로운 작품의 주제 같은 것일지도 몰랐다. 그는 늘 생각나는 단어를 포스트잇에 썼고 그것을 컴퓨터 앞에 가득 붙여놓았다.

그는 시선이 멈추는 곳이면 그곳이 설령 부엌의 가스레인지 앞 타일이거나 화장실, 현관 앞 거울이라도 자신이 찍은 사진을 걸었다. 요리를 하면 작품 사진에 기름이 튈 거라고 경고했지만 귀담아듣지 않았다. 마치 쇠락하기 전 가장 아름다웠던 시절의 사진들로 자신의 방을 채우기 시작한 배우의 안간힘을 보는 기분이었다.

과거를 벽 위에 전시한다는 건 그가 현재를 살고 있지 않단 증거처럼 보였다. 그러나 그의 컴퓨터 폴더의 또 다른 한쪽에 가터벨트만 찬 여자들의 음부나 망사 스타킹 속의 엉덩이가 냉장 가판대의 신선육처럼 전시돼 있는 걸 본 후, 불현듯 깨달았다. 그의 세계가 윈도우와 맥의 OS가 동시에 돌아가는 맥북처럼 완벽히 둘로 분리되어 있다는 걸 말이다.

건너편 그의 방에선 쉴 새 없이 마우스를 움직이는 소리가 들렸다. 탈칵 탈칵 탈칵. 그가 밤새 컴퓨터 속 여자들의 몸을 교정하는 소리였다. 젊은 창녀들과 칼을 댄 흔적이 역력한 늙은 창녀들이 그의 사진 폴더 안에서 섞여 있었다. 지니, 킴, 라이나……. 사진 속 폴더는 여자들의 이름으로 분류되어 있었다. 나는 마리라는 이름의 한국인은 없는지 물었다.

"이 세계도 경쟁이 치열해. 손님들이 까다롭거든."

그는 내가 묻는 말에 늘 엉뚱한 대답을 했다.

마우스가 지나가는 곳마다 여자들의 눈가 주름과 뱃살이 사라졌다. 그는 늘 엉덩이와 허벅지를 팽팽하게 키우고 허리를 가파르게 깎았다. 늘어진 허벅지는 단단해졌고, 처진 엉덩이는 가볍게 솟아올랐다. 그는 너트와 볼트를 끼워 넣는 기술자처럼 일했다.

"옆방 여자가 손님을 많이 받으면 다른 방 여자는 정신이 사나워질 정도로 그 여자를 질투해. 더 많이, 더 자주 하고 싶어 해."

"돈을 더 벌고 싶을 테니까."

"꼭 그런 이유는 아니야."

남자들과 더 많이, 더 자주 하고 싶어 하는 여자들이란 말은 잊히지 않았다. 섹스할 때만큼은 직업여성에게조차 잘 보이고 싶은 게 수컷의 본능이란 말을 어딘가에서 읽은 기억이 났다. 하지만 성주의 말은 연기가 아닌 순수한 오르가슴의 세계, 낯선 타인과 벌이는 본질적인 쾌락이 그곳에 존재할지도 모른다는 기시감을 풍겼다.

"밤샐 거면 샌드위치 만들어줄까?"

"응. 감자랑 달걀을 마요네즈에 으갠 걸로."

그는 컴퓨터 화면을 보며 고개를 끄덕였다.

원래 일을 나누어 하던 여자 사진가가 비자 문제 때문에 추방돼 한국으로 돌아가자 모든 일이 그에게 몰렸다. 컴퓨터 옆에 쌓인 재떨이의 담배꽁초 개수가 늘어날 때마다 현금도 더 늘어났다. 밤샘 작업이 점점 일상이 되었다. 그는 침대에 기어 들어왔다가 전화가 오면 누나에게 보낸 사진을 재수정하기 위해 언제든 다시 일어났고, 컴퓨터 앞에 앉자마자 마우스를 빠르게 움직였다.

최종적으로 수정된 사진 속 여자들의 가슴과 엉덩이는 비정상적일 정도로 컸다. 확대경을 들이댄 것처럼 여성의 특정 부위는 몇 배쯤 더 크게 보였다. 삽입과 사정에 최적화된 신체 부위들은 몸의 자연스러운 연결 부위가 아니라 따로 떨어져 외로운 섬처럼 격리되어 있었다.

"빅토리아 시크릿의 화장실 버전 같지 않아?"

그는 종종 농담을 했지만 나는 알고 있었다. 그때의 내가 어둠 속 홀로 반짝이는 컴퓨터 불빛에서 본 것을 그 역시 봤다는 것을. 자신의 재능을 매춘 사진 속 여자들의 가슴과 엉덩이를 만지는 데 탕진하고 있는 젊은 남자의 뒷모습을, 추방당한 사진가의 현실이 곧 자신의 미래가 될지도 모른다는 것을 말이다.

15

성주는 습관처럼 서울의 라디오 방송을 켜놓고 일했다.

그것은 블라인드 사이로 햇살이 쏟아지는 아침 8시에 밤 10시에 시작하는 FM 〈음악도시〉가 흘러나왔다는 의미이기도 하다. 나는 폭우가 쏟아지는 아침에 "오늘은 참 별이 밝은 밤이네요" 같은 디제이의 나지막한 목소리를 듣거나, "잘 자요" 같은 밤 인사를 들으며 출근을 준비했다. 라디오가 나오는 그의 작업실에 들어가면 가끔 시차 적응에 실패한 외국인처럼 어깨와 눈에 묵직한 피곤함이 몰려왔다.

성주는 내가 집을 나설 때에야 지친 얼굴로 침대로 퇴근하듯 걸어갔다. 그는 눈을 반쯤 감은 채 내게 건성으로 손을 흔들었다. 굿나잇 인사와 아침 출근. 그의 뒤로 여전히 켜져 있는 컴퓨터가 보였다.

"내 가슴, 너무 작지 않아?"

화면 위에는 아직 리터칭이 끝나지 않은 여자의 사진이 띄워져 있었다. 매끄럽지 않은 복부 아래 여자의 흰색 팬티가 투명한 간유리 창처럼 검은색 음모를 비추고 있었다.

"수술하면 어떨까?"

사진 속 여자의 왼쪽 유두 위로 링 모양의 피어싱이 걸려 있었고, 누워도 퍼질 일 없는 그녀의 왼쪽과 오른쪽 가슴의 균형은 완벽한 대칭이었다.

"하고 싶어?"

반쯤 감긴 눈으로 그는 나를 비스듬히 바라보다가 스커트 속으로 손가락을 넣어 셔츠를 빼냈다.

"출근해야 돼."

그는 내 어깨를 가볍게 눌러 침대에 누이고 여전히 눈을 감은 채 밀려 나온 셔츠 단추 하나를 풀었다.

"오래 안 걸려, 마리."

"이러지 마."

"절대로 가슴 확대 수술 같은 거 하지 마. 난 네 거 좋아. 내 거잖아. 내 거야."

그가 아직 마르지 않아 쇄골 위에 늘어져 있는 머리카락을 살짝 잡아 올려 목덜미 위에 키스했다. 그의 입술이 목덜미의 실핏줄 어딘가를 집요하게 핥는 게 느껴졌다. 성주는 내가 출근하기 직전 가장 강렬한 성욕을 느끼곤 했다. 사진 리터칭 작업을 하느라 밤사이 쌓인 피로와 긴장감은 햇빛이 선명해지는 아침이 되면 폭발했다. 막 양치질을 마친 차가운 이가 셔츠 밑 쇄골 위에 깊고 아프게 박혔다.

중력이 존재하지 않는 세상 속에 사는 사람처럼 그는 늘 가뿐히 나를 들어 올려 침대까지 걸어갔다. 그는 밤의 연인이라기보다 아침의 연인에 가까웠고, 나는 영원히 시차에 적응할 수 없는 외국인처럼 그를 바라봤다. 섹스하는 동안 그가 눈을 감는 유일한 순간은 내 신음 소리를 더 잘 듣기 위할 때뿐이었다. 그는 내가 낸 소리를 자신의 핸드폰에 녹음했다. 그리고 핼러윈을 일주일 앞둔 첼시의 한 레스토랑 룸에서 검은색 슈트를 입은 채 내 손을 부드럽게 잡고 말했다.

"네가 없을 때, 너랑 하고 싶을 때마다 나는 이걸 들어. 너는 아주 섬세한 악기라 연주자의 마음을 홀리지."

그의 왼쪽 검지는 이미 팬티 아래 엉덩이의 움푹 팬 골 아래까지 내려왔다.

"마리, 난 이걸 오르가슴 사운드라고 이름 지었어."

그의 엄지와 중지가 건반을 누르듯 허벅지와 엉덩이 부위를 강하고 약하게 눌렀다. 허벅지와 무릎 안쪽이 예민한 내가 몸을 왼쪽으로 조금씩 비틀 때마다, 그의 손가락은 조금 더 허벅지 안쪽을 파고들었다. 섬세한 그의 검지가 팬티 위에서 동그랗게 원을 그렸다. 4월에 부는 허드슨강의 바람처럼 부드럽고 평온한 쾌락이 발등까지 퍼져 내려갔다.

"집으로 가자, 마리."

우리가 사귄 지 얼마 안 됐을 때, 이런 일은 언제든 일어났다. 나는 그의 성감이 어느 지점에서 켜지는지 알았다. 손끝으로 그의 고환을 가볍게 밀었다. 무방비 상태의 그것은 애처로울 정도로 많은 주름들로 늘어져 있었다. 성주의 입에서 낮은 신음 소리가 새어 나왔다. 그것이 전조였다. 시간이 지나면 그 소리는 조금씩 높아지다가, 날카롭게 끊어질 것이다. 그 소릴 들을 때마다 수많은 괄호가 쳐진 문제지를 풀고 있다고 생각했다. 괄호 안의 단어를 맞히면 문장 하나가 완성되고, 문장 몇 개가 완성되면 비밀을 풀 수 있는 열쇠 하나가 생긴다. 그 열쇠로 그의 몸 여기저기를 열면 그는 영원히 내 곁을 떠나지 못한 채 평생을 맴돌 것이다. 이 침대의 주인인 내가 머무는 나의 영토 안에서. 형태를 끊임없이 바꾸며 지구 주위를 공전하는 외로운 달처럼.

"마리, 마리……."

그가 내 이름을 반복해서 부르는 소리가 들렸다.

이런 식으로 자신의 이름을 하염없이 듣다 보면, 그것은 이름이 아니라 잊기 힘든 노래가 된다. 잊기 힘든 여자가 되고 싶다는 욕망은 잊기 힘든 남자를 만났을 때 더 많은 모순에 부딪친다.

나는 그가 더 이상 내 이름을 부르지 못하도록 그의 입술을 손으로 틀어막았다. 손바닥에 그의 뜨거운 입김과 혀끝이 와 닿았다. 내 운명선을 그의 혀끝이 집요하게 핥고 있었다. 어쩌면 쾌감 때문에 과육처럼 짓이겨져 흐르는 내 이름을 듣기 위해서, 그 끈적한 쾌감이 강렬했기 때문에, 그래서 나는 매번 그를 조롱하고 괴롭혔는지도 모른다. 침대 위에서 나는 그토록 모순적인 연인일 수 있었다. 그의 목울대를 한 손으로 움켜쥐었다. 나는 그의 얼굴이 점점 더 사랑스러운 붉은색으로 퍼져나가는 걸 만족스레 목격했다.

가장 사랑받는 향인 머스크의 어원은 고환을 뜻하는 산스크리트어인 '무스카'에서 시작되었다. 사향선은 사향노루 수컷의 배와 배꼽의 뒤쪽 피하에 있는 향낭 속에 있고 생식기에 딸려 있다. 겨드랑이와 고환은 남자의 몸 중에서 체취가 가장 강한 곳이다. 잠자리를 할 때 그 냄새를 한 번만 맡아도 나는 내가 사랑할 수 있는 남자인지 아닌지를 가늠할 수 있었다.

내 체액이 그의 허벅지 안쪽에 고였다 흐르는 게 보였다. 흐르는 그것을 혀끝에 갖다 댔다. 아프지 않고 부드럽게, 그러나 결국 내 몸이 지나간 흔적이 그의 온몸에 깊이 새겨지도록 말이다.

"그만!"

가끔 모든 걸 끝장내고 싶을 때도 있다. 그때마다 어금니를 사용했다. 조금 더 강하게 그의 것을 물면 그는 열락 속에도 또렷한 통증을 느낄 것이다. 가끔 상처 난 성기에 고인 피 맛이 궁금했다.

"그만해! 제발!"

그는 단 몇 초도 견디지 못했다.

그가 빨리 사정하는 게 좋았다. 그건 시작도 하기 전에 내가 승리하는 법을 터득한다는 의미였으니까.

16

우리가 1910년대에 지어진 브루클린의 붉은색 4층 벽돌집에서 함께 살기 시작했을 때, 우리는 침대에 도착하기도 전에 차가운 마룻바닥에서 사랑을 나눴다. 그는 하루에도 몇 번이고 사정할 수 있었고 나는 하루에도 몇 번이고 그를 끌어안을 수 있었다. 욕망은 선명하고 또렷해서 삽입이나 사정 횟수처럼 수학적인 계산이 가능했다.

그때의 나는 결혼과 동시에 새로운 연애를 꿈꾸는 불온한 희망 따윈 상상할 수 없었다. 성주에 대한 내 욕망은 겉과 안이 투명할 정도로 같아서 어떤 것도 끼어들 수 없었다. 그의 몸 구석구석을 맛보기 위해 내 눈은 굶주린 아이처럼 반짝였다. 나는 말을 하는 대신 빨고 핥고 움켜잡았으며, 그런 행위 속에서 생애 한 번도 느껴보지 못한 포만감을 느꼈다. 나는 탐욕스런 미식가였다.

서로에 대한 욕망을 탕진하던 그 시간에는 마룻바닥이 바람 부는 주말 공원의 벤치처럼 안락했다. 눈을 감고 오른쪽 손을 뻗으면 사용한 흔적이 있는 콘돔 서너 개가 손가락 끝에 닿았다. 나는 눈을 감은 채 미끈거리는 그것을 손가락에 끼워 넣었다. 누군가의 배설물이 이토록 따뜻하게 느껴졌던 적은 없었다.

마지막 섹스가 끝나면 깊고 명백한 피로와 동시에 평화가 몰려왔다. 좋은 섹스처럼 시작과 끝이 명료한 그 시절 우리의 세계가, 그의 머리에서 나의 발끝까지 내려가는 데 걸리는 시간이 불과 몇 초 사이인 세계가 나는 좋았다.

남자들은 사랑하기 때문에 여자가 남자에게 자신의 몸을 내준다고 믿는다. 하지만 어떤 여자는 남자와 자고 난 후에야 그를 사랑할 수 있게 된다. 내 몸의 빈자리를 메워주는 사람을 만날 때에야 생이 부여한 어둠에서 빛 쪽으로 다가설 수 있는 것이다. 짓눌린 무의식은 언어로 발설될 수도, 규명할 수도 없다.

여자의 성기도 발기한다. 다만 그것은 남자처럼 크거나 작아지는 세계에 속해 있지 않다. 그것은 촉각의 세계에 편입돼 젖거나 말라가는 감촉을 통해서 전달된다. 눈을 부릅뜨고 무엇이 더 크고 작은지 비교해 서열을 세우는 남자들의 방식이 아니라, 눈을 감고 나서야 더 깊게 느낄 수 있다는 점에서 여자의 발기는 한층 더 서정적이다.

나는 섹스 중에 여자를 향해 '좋아?'라고 되묻는 게 아니라, 자신의 쾌감에 집중하듯 '좋아!'라고 되뇌는 남자를 본 적 없었다. 침묵 속에서 피스톤 운동에 집중하는 남자들에 익숙했던 나는 성주의 낮은 신음과 행위에 집중하기 때문에 뱉어내는 온갖 음탕한 말들이 신비로웠다. 그가 나를 침대 끝까지 밀어붙일 때마다, 침대 헤드의 포도 넝쿨 장식이 벽에 부딪쳐 울리는 소리가 좋았다.

모든 게 끝나면 성주는 욕실로 달려가는 대신, 무방비 상태인 내 얼굴을 쓰다듬으며 웃었다. 땀에 젖은 얼굴에 깃들던 그 손끝은 내 얼굴의 굴곡들을 세심히 매만졌다. 그때마다 그의 지문이 내 얼굴에 새겨지는 느낌이었다.

성주는 섹스 이후에 더 다정해지는 연인이었다. 사정 후 그는 한결 느긋해진 얼굴로 후후, 입술을 모아 휘파람 불듯 내 이마에 바람을 불었다.

그것은 누군가를 유혹하기 위한 몸짓이 아니었다. 바로 그

점 때문에 욕망이 사라진 자리엔 따스한 온기와 다정이 깃들었다. 그가 내 몸 위에 불어주던 바람은 연인의 들뜬 몸을 식히기 위한 한 존재의 사랑에 찬 몸짓이었다. 몸 위를 스치던 그 바람을 기억하는 한, 나는 그에게서 벗어나지 못할 것 같았다. 사랑과 이별이 동시에 몸 안에 새겨진 건, 성주가 내 몸에 바람을 불던 바로 그 순간이었다.

그의 행동은 너무나 자연스러워서 그가 태어나기도 전, 꼭 그의 아버지의 아버지 때부터 유전되어온 전통 같았다. 그렇지 않다면 섹스 후 여자로부터 빠르게 멀어져 욕실로 달려가는 남자들과 그가 이렇게 다를 리 없었다. 나는 그것이 아름다운 여자를 유혹하기 위해 이 집안 남자들이 써온 비책일 거라고 상상했다.

"마리!"

그날 이후, 가끔 나를 부르는 소리를 듣지 못했다. 그때의 나는 성주가 부르지 않으면 누가 불러도 내 이름을 듣지 못했다. 대신 지하철에서, 클라이언트 미팅을 위해 길을 걷다가, 급히 작가에게 보낼 이메일을 쓰거나 전화의 신호음을 듣다가, 문득 그 바람 소리를 들었다. 후후, 하는 그의 숨소리가 계속 들려왔다. 나는 귀를 틀어막았다. 내 옆으로 다가온 라이언이 어깨를 두드리기 전까지, 나는 그가 뒤에 있다는 사실을 깨닫지 못했다.

"마리, 무슨 일 있는 거야?"

라이언이 나를 바라봤다.

"걱정 마. 괜찮아."

나는 괜찮지 않았다. 이만큼 내가 걱정스러웠던 적도 없었다.

자판을 치던 손끝, 손등을 스치는 바람에도 몸이 떨렸다. 우체국에서 편지를 부치는 것처럼 가장 단순한 일도 마무리하기 힘들었다. 그는 이곳에선 이방인이었고, 떠나야 할 날이 정해진 노마드였다. 정식 비자가 만료된 후 주어지는 그레이스 피리어드Grace period 역시 얼마 남아 있지 않았다. 역시 헤어지는 게 좋을 것이다. 어쩌면 당장 그가 없는 곳으로 떠나는 게 좋을 것이다. 쿠바나 뉴질랜드로 가는 비행기 표를 알아봤다. 하지만 인터넷으로 비행기 표를 검색하던 그 순간, 나는 뉴질랜드 어느 호텔 침대 위에 누워 뒹굴 우리의 모습을 상상했다.

나는 매일 그와의 이별을 결심했고, 그 결심을 가장 짧은 시간 안에 어겼다. 참을 수 없을 만큼 그가 보고 싶을 땐 지하철역까지 걸어갈 수 없었기 때문에 택시를 잡아타고 달렸다. 나는 3층 계단을 정신없이 올라가 문을 열고, 텅 빈 집 안에서 울음을 터뜨렸다. 그러다 정신을 차리면 나는 어느새 전화를 붙잡고 있었다.

"대체! 어디에 있는 거야?"

열정은 그 누구도 아닌 자신을 가장 먼저 태워버린다. 그때의 나는 분명 내가 아는 내가 아니었고, 내가 모르는 가장 낯선 타인이었다.

"티팬티 귀여운 거 골랐네? 미란다 커가 컬렉션에서 입었던 건가?"

그가 여자들의 속옷에 대해 잘 안다는 게 싫었다. 레이스 달린 티팬티가 어떻게 생겼는지, 훅이 앞에 달린 브래지어를 어떻게 풀어야 실수 없이 벗길 수 있는지 아는 게 싫었다. 단추가 달린 가터벨트에 대해 아는 건 조금 더 싫었고, 망사 스타킹에 해박한 건 가장 싫었다.

같은 꿈을 반복해서 꿨다. 꿈속에서 성주는 얼굴 없이 소리로만 존재했다. 그가 내 귀에 들렸다. 탈칵 탈칵 탈칵. 끝도 없이 이어지는 마우스 클릭 소리였다. 그의 32인치 와이드 모니터에는 교정되어야 할 내 몸이 배경 화면처럼 떠 있었다. 내 몸은 고립된 성 같았고, 어둠 속에서 이상할 정도로 빛났다. 그는 늘 어둠 속에서 유일한 그 빛을 향해 앉아 있었다.

꿈속의 성주는 담배를 물고 곧장 내 몸을 해체해 절단하기 시작했다. 담배가 조금씩 타들어갔다. 그의 마우스 클릭 소리가 이어질 때마다, 내 가슴과 엉덩이는 점점 커졌다. 클리토리스는 붉은 무화과처럼 부풀어 올랐다. 성경 구절을 제대로 암송하지 못해 맞았던 엉덩이와 종아리의 회초리 자국과 이를 악무는 버릇 때문에 생긴 입가의 주름 들이 난바다의 파도처럼 그의 마우스 클릭 소리와 함께 사라졌다.

눈을 감아도 소리는 귓속을 파고들었다. 그가 만든 사진 속 여자를 바라볼 때마다 나는 내 몸의 결함을 더 많이 찾아냈다. 그렇게 백마흔네 개의 결점을 찾아내는 동안, 그는 천사백사십 번의 클릭과 함께 내게서 더 멀리 사라져갔다. 그가 움직일수록 나는 점점 희미해졌다. 나는 곧 내가 사라질 것을 알았다.

"마리, 나는 창녀와도 사랑할 수 있을 것 같아. 중요한 건 마음이니까."

그가 처음부터 정밀한 지도를 가진 사람처럼 헤매지 않고 내 안으로 들어왔다는 사실이 싫었다. 그의 몸이 내 몸을 감싸는 순간에 느껴지던 쾌감이 두려웠다. 그가 내 등 뒤에 누워 귓속말을 속삭일 때마다, 나는 그 말의 의미를 생각했다.

"사랑해."

그의 성기는 따뜻했다. 딜도와 다른 점이 있다면 그것뿐이었다. 나는 언제나 막 샤워한 남자의 차가운 성기를 더 좋아했지만 그에겐 말하지 않았다. 대신 힐난하듯 그에게 말했다.

"늦었어. 또 지각이야!"

그가 승리자처럼 웃었다.

나는 그를 바라봤다. 지금의 내가 알고 있는 건 그가 자신이 찍은 사진 속의 그 여자들과 잠을 잤다는 것 정도였다. 그 정도의 일을 알아채는 게, 바로 아내라는 세상에서 가장 오래된 직업의 특징이었다.

17

신분이 불안정한 사람들이 나 같은 시민권자를 독수리라고 부르는 걸 안다.

아시아인 시민권자는 노란 독수리, 백인은 하얀 독수리, 흑인은 검은 독수리로 불린다. 미국 여권에 새겨진 독수리 모양 때문에 생긴 은어였다. '독수리를 잡는다'라는 은어는 영주권을 얻는 데 걸리는 많은 시간과 비용을 생략한다는 뜻으로 결혼할 만큼 자신을 사랑하는 시민권자를 붙잡는다는 말과 동일하다.

내가 사는 집에서 동거하는 동안, 성주는 내게 결혼을 얘기한 적이 없었다.

그는 이곳에 사는 게 아니라 잠시 머무는 사람 같았다. 성주는 늘 사뿐히 걸어 다녔다. 예민한 유대인 부부가 바로 아래에 살았기 때문이 아니라 그가 이 집에서만큼은 많은 것을 각별히 조심하고 있단 생각이 들었다. 되돌려줄 것을 대비해서 비닐 포장도 뜯지 않고 물건을 사용하는 사람처럼 말이다. 비자가 만료되기 몇 달 전부터 그는 자신이 가지고 온 트렁크 안에 몇 개의 짐을 넣었다. 그리고 유학생들이 자주 사용하는 사이트의 중고 시장에 자신의 카메라들을 내놓기 시작했다.

○ 소니 렌즈 팝니다. 상태는 깨끗합니다. 35mm f/2입니다. 맨해튼 지역이면 직접 배달합니다.

○ 후지 X100 팝니다. APS-C 센서로 크기는 작지만 화질은 일반 DSLR과 같습니다. 렌즈 상태는 완벽하고, 작은 생활 기스 몇 개 있습니다. 렌즈 캡, 스트랩, 배터리, 충전기, 삼각대 함께 드립니다.

갤러리 사무실에서 그가 헤이 코리아 닷컴이나 미국 유학생 모임 카페 같은 사이트에 올리는 물건들을 살펴봤다. 서너 개의 헤드폰, 서른 권쯤의 책, 검은색 야구 모자, 타탄체크 무니 셔츠, 스노보드와 디제이 믹스 스크래치 턴테이블처럼 내가 한 번도 보지 못한 물건들도 있었다. 거의 새 제품이었지만 모두 반값 이하로 책정돼 있었다.

사진의 이미지를 클릭하면 그가 이 사진들을 어디에서 찍었는지 알 수 있었다. 부엌 탁자 위에서 찍은 프란츠 카프카의 책과 《호밀밭의 파수꾼》 옆에 그가 우유를 마시고 미처 치우지 않은 컵이 보였다. 출근 직전 성주가 충혈된 눈으로 컵에 우유를 부어 마시던 장면이 떠올랐다.

그가 내놓은 카메라나 렌즈는 '누나의 일'을 처리할 때 카메라 가방 안에 들어 있던 것들이었다. 검은색 야구 모자와 타탄체크 셔츠는 그가 여자를 찍는 그 일을 하러 갈 때 입던 작업복이었다. 쉽게 돈 버는 일에 중독된 남자는 자신이 받은 무의식의 상처를 헐값에 내던지고 있었다. 자신이 찍는 모든 사진의 트리밍에 지독히도 예민했던 사진가의 사진 속 더러운 유리컵과 잘려 나간 화병은 무너져가는 그의 내면과 흡사했다.

하루 종일 그가 올린 사진을 보던 날 지하철을 타는 대신 무작정 걷기 시작했다. 그가 중고 사이트에 올린 캐논 렌즈 하나를 몰래 사들인 첫 번째 날이었다. 발길이 닿는 대로 걷다가 브루클린 하이츠까지 왔다. 브루클린 다리의 거대한 철제 아치 위에 걸린 달을 보면서 나는 홍콩 호텔의 콘시어지 직원이 말했던 슈퍼문을 떠올렸다. 다리 위에 떠 있는 지금의 달은 그때 백발의 남자가 말했던 대로 믿을 수 없이 크고 밝았다.

어느새 나는 브루클린 다리 위를 걷고 있었다. 옆으로 빠른 속도로 지나가는 택시와 자동차들이 보였다. 저 택시들 중에는 술에 취해 뒷좌석에서 열렬히 키스 중인 이들이 있을 것이다. 미키마우스를 좋아하는 다섯 살 아이를 데리고 타임스 스퀘어에 있는 디즈니 숍에 다녀온 부부도 있을 것이다. 브루클린 다리를 지나가는 수많은 자동차의 조수석 옆에는 서로를 사랑하는 이들이 앉아 있을 것이다. 만약 내가 본 달을 그들이 봤다면 달빛에 홀려 얘기했을 것이다.

이별은 우리의 결정이 아니었다. 그것은 미국의 법이 결정한 것이었다. 그가 반복해서 읽는 카프카의 《성》처럼 우리는 연방법이라는 거대한 성에 갇힌 부조리한 인간들이었다.

"네 비자는 어떻게 되는 거야?"

이것은 우리 사이에 암묵적으로 금지된 말이었다.

"왜 나한테 청혼하지 않는 거지?"

비자 만료일이 다가오자 성주는 날씨와 옷차림, 저녁 메뉴 같은 일상적인 말 이외에 내게 어떤 의미 있는 말도 하지 않았다. 그때는 그것이 그가 사랑을 지키는 마지막 방법이라고 생각했다. 그렇게 믿었기 때문에 그에게 직접 이유를 들어야 했다. 자신의 입으로 말해야만 나는 그 말에 기대어 내가 가진 미래를 그에게 줄 수 있었다.

"사랑하니까 지금 당장 나랑 결혼해달라고 말하면 믿을 수 있겠어? 언제나 프러포즈는 눈물 나게 낭만적이어야 한다는 게 내 생각이었어. 비자 때문에 당신을 붙잡고 싶지 않아."

"아무것도 하지 않으면 넌 곧 이 나라에서 추방될 거야. 추방이 뭘 의미하는지 알잖아. 넌 집이 아니라 한국 군대에 가게 될 거야!"

"알아."

"지금껏 뉴욕에서 쌓아온 네 경력이 끝장날 수도 있어. 군대에 다녀와서 다시 커리어를 쌓는 게 쉬운 일일 것 같아?"

"알고 있어! 하지만 네게 부담 주고 싶지 않아!"

"부담을 준다고? 대체 날 어떻게 생각하는 거야? 날 사랑하지 않는 거야?"

그의 침묵은 나를 사랑하지 않는다는 말보다 더 나빴다.

"네가 날 바보로 만들고 있어! 넌 날 고문하고 있어. 내가 물기 없이 말라가길 바라는 사람 같아."

"마리! 내가 결혼해달라고 매달리길 바라는 거야? 서울로 쫓겨나긴 싫으니까 결혼해달라고 네 바짓가랑이라도 잡아볼까? 마리! 제발 나랑 결혼해줘! LA에서 개인전을 하자고 연락이 왔어. 군대에 끌려가면 내 첫 개인전 기회도 날아가는 거야. 날 버리면 나는 널 평생 저주할 거야. 어떤 새끼도 나만큼 널 사랑하기 힘들고, 너랑 같이 있을 수도 없어. 왜냐면 내가 죽여버릴 테니까! 이런 걸 원해?"

"그래!"

나는 그의 눈에 맺힌 눈물을 바라봤다. 그는 이를 악물고 있었다.

"당신이 멍청하게 구는 거. 울면서 매달리고, 매달리고, 또 매달리는 거! 이렇게 헤어져선 안 된다고 울부짖는 거! 미쳐 날뛰는 거! 내가 원하는 건 바로 그런 거야!"

나는 참고 참았던 감정을 쏟아냈다.

"넌 지독한 이기주의자야! 넌 네가 원하는 걸 절대 입 밖으로 말하지 않아! 너는 늘 누군가 대신 가장 힘든 걸 해주길 바라지! 늘 좋은 말만 하면서 더러운 피는 절대 묻히고 싶지 않은 거야. 너 같은 사람이 가장 나빠! 가장 저질에 악질이야!"

"이러지 마, 마리. 반드시 다시 돌아올 거야. 비행기만 타면 올 수 있는 거리야. 전화를 할 수도 있고, 편지를 쓸 수도 있어. 네가 이러면 정말 힘들어져.”

“우린 절대 회복 못 할 거야.”

“나를 못 믿는 거야?”

“시간을 못 믿는 거야! 이 년은 너무 길어!”

“무슨 소리야!”

갑자기 성주가 내 어깨를 두 손으로 쥐고 나를 바라봤다.

“늘려서 말하지 마. 이십일 개월이라고!”

그는 피식 웃더니 내 어깨를 끌어안았다.

“진정해, 장마리. 당신이 나를 사랑해서 이러는 거 나도 알아. 나는 선택권이 없어. 선택은 당신이 해야 돼.”

성주는 나를 바라보더니 커다란 팔로 나를 감싸안았다.

“침대로 가자. 따뜻한 걸 만들어줄게.”

그의 품 안에서도 나는 불안에 떨었다. 하지만 그 품이 얼마나 따뜻한지도 알았다. 그런 따뜻함 속에서, 어쩌면 나는 안심하고 있었을지도 모른다. 그때 그의 거절은 옳은 대답처럼 느껴졌다. 적어도 그의 말은 ‘사랑하니까 제발 결혼해달라고’ 말하는 남자들과 달랐다.

걷고 또 걸었던 날, 울고 또 울었던 그날, 5번가의 티파니에서 산 반지를 그에게 내밀었다. 얼굴도 모르는 미국 이민국 직원이 그의 미래를 결정하도록 놔둘 순 없었다. 그를 불법체류자로 만들 수도 없었다. 그의 경력을 끝장낼 수 있는 유일한 사람이 나라는 걸 감당할 자신도 없었다.

성주가 나를 사랑하는지 확신할 수 없었다. 그는 단 한 순간도 나의 불안을 확실한 말로 막아주는 남자가 아니었다. 하지만 그런 절망 속에서도 내가 확인한 게 있었다. 내가 그를 사랑했다. 내 선택 때문에 평생 후회할 수도 있다. 내 결정이 내 부모의 심장을 가장 아프게 찌르리란 것도 알았다. 하지만 선택이란 때로 선택하지 않은 것을 감당해내야 하는 일임을 나는 매 순간 기억했다.

살면서 단 한 순간도 누군가에게 울면서 청혼하는 내 모습을 상상해본 적이 없었다. 영화 〈티파니에서 아침을〉의 오드리 헵번이 경탄에 가득 찬 눈으로 바라보던 그 티파니에서 혼자 울면서 청혼 반지를 고르는 여자를 점원들 역시 본 적 없을 것이다. 하지만 아무것도 하지 않는 것보단 나았다. 결혼이 다행이든 불행이든 그날이 오면, 둘 중 하나를 다시 선택하면 된다.

나는 내가 산 반지를 스스로 끼었다.

성주의 영주권 심사 날을 기억한다. 책상 하나와 의자 하나. 서류 뭉치들이 차례로 꽂힌 철제 책장. 미국 국기가 꽂혀 있는 벽이 보였다. 이민국 직원은 몸에 맞지 않은 옷을 껴입고 우두커니 자리에 앉아 있었다. 그녀는 먼저 내 이름을 물었다. 살면서 내 풀 네임을 누군가에게 또박또박 말하기 위해 이처럼 노력한 적은 없었다. 나는 언제, 어디서, 어떻게 그를 만났고, 언제, 어디서, 어떻게 그와 사랑에 빠졌고, 언제, 어디서, 어떻게 그와 미래를 설계했는지 변호사의 조언대로 진술했다. 사람들이 사랑에 대해 생각하는 바로 그 순서대로 나는 내가 가진 사랑의 서사를 설계했다. 진실 여부와 상관없이 내 이야기가 조금이라도 정상적인 플롯에서 이탈하는 순간, 의심이 싹트고 추궁이 시작될 것이기 때문이었다.

이야기에도 자연스러움이 필요했다. 가령 계절이나 날짜, 장소, 이름 같은 것들은 구체적으로 말해야 했지만, 공식을 외운 것처럼 전형적인 이야기는 사람을 지치게 할 것이다. 우연만큼 사랑을 빛나게 하는 건 없다. 그러므로 우연이란 신의 선물을 복잡한 서류들로 증명하고 이민국에 입증해야 하는 일은 그것의 사실 여부와 상관없이 인간성을 훼손한다. 만약 그 사랑이 사진으로 찍을 수 없는 열정이라면, 편지로 말해질 리 없는 욕망이라면, 일기장에조차 기록할 수 없는 괴로움이라면, 우리는 무엇으로 자신의 사랑을 증명할 수 있을까.

이민 심사관이 "결혼 축하해요!"라고 말하며 내게 악수를 청했을 때, 나는 거의 탈진해 있었다. 1시간이 넘었을 거라고 생각했지만 밖으로 나와 시계를 보니 고작 10분 정도의 시간이 흘렀을 뿐이었다.

웨딩드레스 없이도 나는 누군가의 법적인 아내가 되었다. 그의 부모님과 열 살 어린 남동생을 본 적도, 그의 고향 포항에 내려가 소주에 고래 고기를 먹은 적도 없었다. 그 역시 나의 부모님을 본 적 없었다. 불법체류자가 되기 직전의 커플이 고아처럼 벌이는 무국적의 결혼 풍경, 그 속에 우리가 있었다.

18

"마리! 오늘 메트에서 강의 들을 거야?"

릴리가 나를 바라봤다.

나는 2주에 한 번, 메트로폴리탄 미술관에서 하는 고미술 관련 강의를 들었다. 매튜 왕이라는 중국 화가 때문이었다. 매튜 왕의 작품에 관심이 많은 한 컬렉터의 부인이 이 강의를 듣는다는 사실을 알려준 건 라이언이었다. 최근 브루클린의 그린포인트 쪽에 호텔 오픈을 준비 중인 그 컬렉터는 자신의 부티크 호텔의 로비와 레스토랑, 객실에 걸 미술품들을 알아보고 있는 중이라고 했다. 그가 결혼한 지 막 일 년이 지난 어린 부인을 아끼는 애처가라는 소문이 자자했다. 하지만 온갖 브랜드 행사에 얼굴을 내밀 법한 모델 타입의 화려한 외모와 달리 그의 아내가 대중 강연에 자주 얼굴을 내보일 만큼 학구적이고 소박한 사람이란 건 알려지지 않은 사실이었다. 이런 고급 정보를 수집하고 실행에 옮기는 게 사실 내가 하는 진짜 일이기도 했다.

"애처가가 요즘 미술계 트렌드인가 봐!"

릴리는 매튜 왕과 관련된 서류를 바라보더니 바로 본론으로 직행했다.

"어제 성주 변호사가 영주권 심사에 친구의 증언이 필요하면 해줄 수 있겠냐고 물었어. 내가 거짓말할 수는 없는 거잖아."

릴리는 잠시 말을 멈추고 나를 바라봤다.

"내가 증언해도 괜찮겠어?"

"증언하고 싶은 거야?"

나는 릴리를 바라봤다.

"그래. 도와주고 싶으니까."

"네 선택을 존중해."

"나도 마리 네 선택을 존중해. 그래서 네 대답이 꼭 필요해. 그게 내 진심이야."

릴리는 끝까지 대답을 요구했지만 나는 답하지 않았다.

잃을 게 많은 사랑을 한 건 내 쪽이었다. 언제나 더 사랑하는 쪽이 훨씬 더 많이 잃어야 한다. 그러나 친구들의 도움도 성주를 구하진 못할 것이다. 그에겐 법이 요구하는 어떤 것도 남아 있지 않았다. 우리에겐 진실한 사랑을 증명할 만한 공동소유의 집이나 자동차, 보험증서, 결혼식 사진조차 없었다. 사람들이 추억이라고 부르는 것들은 성주의 카메라가 아니라 내 일기장과 미처 보내지 못한 내 편지 안에만 존재했다.

성주는 내 사진을 단 한 장도 찍지 않았다.

19

호이징가의 《중세의 가을》에는 그 시대의 많은 것이 세세히 기술되어 있다.

가령 중세에는 모든 것의 대비가 명확했다.

여름의 뜨거움과 겨울의 차가움은 지금처럼 이상기온이란 이름으로 훼손되지 않았고, 계절 본래의 이름을 벗어나지 않았다. 빛과 어둠, 정적과 소음, 행복과 불행, 즐거움과 슬픔의 거리도 지금보다 선명했다. 중세에는 깊은 정적 속에 울리는 말발굽 소리나 누군가의 비명 소리가 지금보다 더 크게 울렸고, 훨씬 더 멀리까지 퍼져나갔다. 그 시절은 지금의 뉴욕처럼 빛과 어둠이 끊임없이 뒤섞이고, 정적과 소음이 나란히 존재했다.

중세는 인과응보라는 명징한 원칙이 세상의 룰이었다. 그것 밖의 우연은 신의 섭리로 해석되었다. 중세인들은 운명론자였다. 무엇보다 그들은 현대인들보다 불행과 불운을 받아들이는 한층 훌륭한 자질이 있었다. 그것은 광란의 파티 속에서 홀로 고독을 느끼거나, 아무도 없는 침대 위에서 고난 끝에 획득한 트로피를 끌어안은 채 공허와 싸우지 않아도 됐다는 뜻이다. 중세인들에게 '동전의 양면' '아이러니' '희비극' 같은 말은 아직 희미했다.

빛은 강렬했고, 어둠은 검었으며, 정적은 텅 비었고, 그러므로 어느 곳에서든 비명은 천지를 흔들었고 고막을 찢었다.

중세의 애정은 결혼과 별개의 감정이었다. 부모는 딸들에게 가문에 어울리는 결혼 후보자를 미리 선포했다. 그 시절의 사랑이란 불합리하고 병적인 상태, 정신착란과 광기를 일컫는 말로, 중세인들은 사랑을 성욕이라 폄훼하기도 했다. 그렇다고 애정이 존재하지 않는 건 아니었다. 다만 그것은 결혼제도 밖의 문제로, 많은 귀족 부인들에게는 남편 이외에 기사라는 이름의 애인이 존재했다.

전통적 결혼에서 사랑은 고려 요소가 아니었다. 남편들 역시 진짜 애인의 존재를 알고도 묵인했다. 그것이 그 시절의 신사도였다. 사람들은 매치닷컴 같은 사이트에 가입하면서 '옛날 사람들은 지금처럼 조건을 따지는 결혼을 하진 않았어!'라고 말하지만, 나는 그것이 사람들의 자발적 오독이란 생각을 버릴 수 없다. 전통적 결혼이야말로 가문의 재산을 지키고, 훌륭한 유전자를 지속시킬 수 있는 완벽한 조건의 배우자 찾기 게임이었기 때문이다. 제인 오스틴의 연애소설에 등장하는 '마차 몇 대, 금수저 몇 개, 남자의 직업에 관한 여자들의 끝없는 수다'는 과거에도 결혼이 개인이 아닌 집안과 집안 간의 거래였다는 걸 입증한다. 여자는 남자 집안에 외교 특사처럼 파견되었다. 마리 앙투아네트의 결혼, 고려와 조선 시대의 많은 결혼 또한 그랬다.

18세기 사교계는 이런 것들이 혼재되어 있는 시대의 정점이었다. 그러므로 낭만적인 사랑에 빠진 남녀가 온갖 계략 속에서 혼외정사를 벌이는 일은 비일비재했다. 하지만 이런 행각을 그들은 결코 결혼과 혼동하지는 않았다.

사랑과 결혼. 이 두 가지 모순된 욕구를 하나로 합치겠다는 생각이 등장한 건 부르주아라는 새 계급이 탄생하면서부터였다. 낭만적인 사랑은 그렇게 발견되고, 발명된 개념이었다.

성주에게 진짜 사랑은 어쩌면 신분 유지를 위한 결혼이 아니라 중세의 귀족 부인처럼 불륜이란 카테고리 안에서 존재하는 감정이었을지도 모른다. 그에게 정말 필요한 건 트로피 와이프와 진짜 애인이었을지 모른다. 내가 사랑이라고 믿었던 것이 어쩌면 그에겐 성욕이거나 영주권이거나 내가 모르는 무엇이었을지도…….

성주가 내게 원했던 유일한 한 가지.

그것은 자신의 사진에 대한 내 평가를 듣는 일이었다.

그는 갤러리스트인 내가 자신의 사진들이 어느 정도의 가치로 치환될 수 있는지 평가하고 라이언 스틸처럼 미술계에 영향력 있는 인사에게 소개해주길 바랐다. 그것이 스물여덟이란 나이에 그가 유부남이 되기로 결정한 이유였다. 바로 그것이 성주를 중세인으로 표현한 릴리의 말에 내가 전적으로 동의할 수밖에 없던 이유이기도 했다.

결혼의 효용성이라는 측면에서 성주는 뉴욕의 중세인이었다. 물론 영주권을 위해 결혼을 선택하는 사람들이 모두 훼손된 괴물은 아니다. 뉴욕에서 고향으로 돌아가는 이방인들의 뒤통수에 대고 '당신 얘길 좀 해봐요!' 하고 물으면, 그들의 입에서 나오게 될 실패한 예술 세계와 연장되지 않은 비자 얘기는 이 도시가 만든 비극이기 때문이다. JFK 공항의 출국장은 그런 인생들로 가득 찬 곳이다. 이곳에선 흔해빠진 불행일 뿐이었다.

이것이 내가 라이언과 함께 기획했던 세 번째 프로젝트의 주제였다.

이것이 성주의 사랑에 대해 내가 가진 합리적 의심이었다.

이것이 내 불행의 실체였고, 한 번도 그에게 묻지 못한 질문이었다.

타마란이란 튀르키예 작가의 작품은 JFK 공항의 출국장에서 만난 사람들의 이야기로 시작된다. 작품은 각각 60분짜리 장편 영화와 3분짜리 광고 동영상, 페인팅으로 나눠 소개됐다. 나는 타마란의 작품이 맘에 들었다. 하지만 타마란이 수집했던 실패한 인생과 끝장난 사랑 이야기들이 내 얘기가 될지도 모른다는 생각은 해본 적 없었다.

"이 사진 어때?"

성주는 가끔 자신의 작품에 대해 물었다.

"좋아."

그것이 내가 할 수 있는 말의 전부였다.

'좋아. 그런데……'라던가 '좋아. 왜냐하면……' 같은 말을 기대하는 사람에게 '좋아!'라는 말은 사실상 침묵에 가깝거나 '싫어!'보다 나쁜 말일 것이다. 하지만 내 대답이 변한 적은 없다.

침대 위, 창문, 창틀, 벽, 옷장과 책상, 가스레인지 벽 위에도 빠짐없이 붙어 있는 그의 사진을 볼 때, 요란하게 튄 올리브유가 그의 사진 위에 흩어져 박힐 때마다, 나는 평가를 요구하는 그의 집요함에 질려 사진을 바라보며 중얼거렸다.

"자의식 과잉, 클리셰에 가까운 구도, 이미 다른 작가들이 시도했다는 점에서 게으른 해석, 주제를 돌파하는 직관력 부족, 위트 없음."

이것은 내가 성주에게 하고 싶은 말의 완곡어법이었다. 하지만 나는 곧 그에게 현실적인 충고를 하기로 작정한 갤러리스트처럼 독백했다.

"뉴욕에서는 아시아 작가가 서양 방식으로 작업하는 걸 원하지 않아. 맞아. 네가 지긋지긋하다고 생각하는 그 오리엔탈리즘이 실은 우리가 원하는 거야."

나는 잠시 말을 멈춘 후, 성주가 내 눈앞에 서 있는 것처럼 말했다.

"딱 한 번만 내 진심을 말해줄게. 네가 찍는 창녀 사진들. 난 유일하게 그게 마음에 들어. 그걸 연작 형태로 찍어. 넌 여자의 몸을 해체해서 찍는 데 재능이 있어. 연쇄살인범처럼 여자의 몸을 토막 치고, 난도질하는 데 천부적이야. 내 말은 …… 네가 찍는 엉덩이, 성기, 유두, 겨드랑이, 손가락의 단면이 독창적이란 얘기야. 그런데 넌 늘 나무나 하늘 같은 걸 찍어. 네 재능은 전혀 다른 곳에 있는데도! 피에로 만초니는 자기 똥을 깡통에 넣어 〈예술가의 똥〉이란 이름으로 팔았어. 더 뻔뻔해져봐."

잠시 벽 위에 붙은 그의 사진을 바라봤다.

나는 '인간적으로 싫지만 그 사람의 작품은 좋다'라는 말을 이해하지 못했다. 다시 말해, '인간적으로 좋지만 그 사람의 작품이 싫다'라는 말이 이전까지 내 사전에는 없었다는 뜻이기도 하다.

성주는 정말 뜻밖의 사람이었다. 그는 원칙을 고수하며 살아온 내게 거의 유일한 예외였고, 그런 이유 때문에 늘 낭패감과 당혹감을 안겨주었다. 과정이야 어떻든 결과로 입증해야만 하는 미술계에서 내가 배운 건 감정의 중립 상태를 유지하면서 그 사람의 작품만 도려내 분석하고 난도질하는 기술이었다. 특히 악평을 할 땐 상대방의 가슴이 서늘할 정도로 냉정해져야 했다.

"이젠 누구도 필름 걱정 없이 셔터를 눌러. 운이 좋아 몇 작품 얻어걸리는 것으로 자기가 예술가라고 착각하는 사람들이 계속 나오지. 아마추어와 프로의 유일한 차이가 뭔 줄 알아? 시간이야. 시간 때문에 가능해지는 프로의 세계라는 게 있어. 몇 년, 몇십 년을 한 주제를 관통해 작품을 만드는 열정은 희귀한 것이라 사람들에게 감동을 불러일으키지. 시간의 가치는 앞으로 더 상승할 거야. 시간이 장착되지 않은 사진에는 힘이 없어. 마음을 움직이는 스토리가 생기지 않아. 상업사진만큼 순수를 갈망하는 것도 없다는 아이러니를 배워. 사진을 설명하면서 소설이나 시를 인용하는 짓도 하지 마. 뉴욕에서 그건 '나는 내 아이디어가 없어요'라는 소리나 다름없어."

나는 그의 사진 여기저기 튄 기름방울을 바라보았다. 몇 번이고 사정을 지연시킨 정액처럼 사방으로 튄 찐득한 그것을 말이다.

"네게 쉽게 다리를 벌려주는 다정한 여자들, 그 여자들을 찍어. 네가 조작한 그 싱싱한 몸들을 뢴트겐 사진처럼 찍어야 돼. 이건 어떨까. 보정 전과 보정 후 사진 두 장을 동시에 작업하는 것. 늘어진 육체와 싱싱한 육체. 네가 깎아내고 밀어낸 주름, 뼈, 근육을 가설이 아닌 팩트로 제시할 수 있다면? 두 장의 사진이 가진 콘트라스트가 강해질수록 사진에는 더 많은 이야기가 생겨날 거야."

나는 거의 숨도 쉬지 않았다.

"작품에 제목을 붙여. 그래, 비아그라가 좋겠어. 네가 작가로 유명해지면 화이자에서 그럴듯한 프로모션을 제안할지도 모르니까. 그때를 대비해서 저작권법 변호사들과 친하게 지내. 릴리나 내게 접근했던 것처럼."

부엌 타일 위에 붙은 그의 사진이 초점이 어긋나듯 점점 시야에서 멀어졌다. 그제야 물이 끓고 있는 소리가 들렸다. 나는 가스레인지의 불을 껐다. 그의 사진에 모래알처럼 튄 기름이 보였다. 행주로 기름이 튄 그의 사진을 닦았다. 오래되어 쉽게 닦이지 않았지만 손목에 힘을 주어 문질렀다.

자신의 작품을 가스레인지 앞에 붙여놓은 절박함이란 어떤 것일까. 절실함을 알면서 침묵을 선택했던 나의 결벽은 무엇일까. 분명한 건 하나다. 성주와 나의 비극은 처음부터 예견된 것이었다.

나는 그의 사진을 좋아하는 데 끝내 실패했다.

20

성공에 대한 간절함이 제대로 된 결과를 만들 것이란 기대는 인류의 오랜 전통이다. 그것이 인간이 고집스러울 정도로 지켜낸 믿음이 아니었다면,《연금술사》나《시크릿》같은 책이 전 세계적으로 그렇게 많이 팔리진 않았을 것이다. 그러나 예술의 세계에선 원인과 결과가 퍼즐처럼 맞춰지지 않는다.

내게도 자본주의 사회에서 '꿈'이 가장 잘 팔리는 광고 상품이라는 걸 알게 되는 순간이 왔다. 전 세계에서 벌어지는 포토 리뷰와 어워드, 페스티벌이 예술가를 꿈꾸는 사람들이 내는 참가비와 심사비로 운영되고, 그것이 누군가의 밥벌이라는 사실을 목격한 순간 나는 갤러리스트라는 명함을 들고 상업의 최전방에 서 있었다.

그때 내가 목격한 예술은 돈의 유통 구조를 바꿀 수 있는 프레임으로 섬세하게 운영됐다. 선물투자만큼 예측 불허의 폭발력을 지닌 부자들의 재테크 수단으로 말이다. 예술이란 우아한 표면은 대개 더러운 것을 감추기 위한 이유로 더 자주 활용됐다. 이 세계에는 희생양을 위한 구제 시스템도, 비정규직들의 노조도 없었다. 모두가 자발적으로 희생양이 되는 구조. 어쩌면 뉴욕의 가장 위대한 성공은 그것일지도 모른다. 누구라도 기꺼이 가해자이며 피해자가 되는 세계를 건설했다는 점, 많은 돈과 시간을 낭비하고도 재능이 없었던 것이 아니라 노력이 부족했기 때문이란 생각을 무의식 속에 심어준 것 말이다.

그러니까 '꿈은 이루어진다'라는 말로 자기희생을 포장하는 건 문제가 있었다. 자애로운 얼굴로 누군가의 순수함을 악용하는 사람을 믿어선 안 된다. 차라리 '예술적으로 돈을 버는 게 진짜 예술이다' 같은 동어반복이 조금 덜 역겨운 편에 속했다.

"지각 있게 주는 것도 사랑이지만, 지각 있게 주지 않는 것도 사랑이다"라고 말한 건 목사님이었다. 목사관에서 지냈던 삼 년 동안 그는 내 머리 위에 손을 얹고 이 세계의 어둠에 대해 얘기했다. "마리, 세계는 악의 무리들로 가득 차 있단다. 우리는 주님 앞에서 힘없는 존재일 뿐이야. 우리가 그 어둠 속에서 주님의 빛을 찾기 위해선 분별력을 가져야만 해. 어둠을 바라볼 때라야만 빛을 볼 수 있단다"라고.

성주의 작품에 대한 침묵은 내 직업윤리였다. 그것은 도피나 무관심이 아닌 애정에 기초한 다짐이었다. 성주와 결혼한 순간, 그것은 다짐이 아닌 서약이 되었다.

만약 내 머릿속에 있던 독설이 단 한 마디라도 새어 나갔다면 그는 내 말에 찔렸을 것이다. 욕실에서 내가 스스로를 향해 겨누던 면도칼보다 내 말은 더 깊게 그의 가슴에 박혔을지 모른다.

예술가는 누구도 아닌 스스로의 결핍 때문에 자신의 목에 칼을 겨눌 수 있다. 한때 예술가를 꿈꾸던 나는 타인에게 이해받지 못할 고통을 알고 있었다. 그렇게 나는 누구도 모를 나만의 선언문을 일기장에 쓰기도 했었다.

재능은 균등히 주어지지 않을 것이다.

기회는 우연에 의지할 것이다.

꿈이 악몽이 되는 건 한순간일 것이다.

간절하면 할수록 악몽의 내용은 더 끔찍해질 것이다.

예술은 불공정과 불공평의 세계이다.

그러나 나는 곧 그것이 예술에 대한 정의가 아니라는 것을 깨달았다. 그것은 삶에 대한 이야기였다. 나는 직업과 삶을 외과 의사처럼 분리해 말하고 있었지만 그것은 애초에 불가능한 얘기였다. 예술은 내 삶의 내용이었고 사랑은 그 내용의 가장 큰 주제였다. 나는 내가 써놓았던 섬뜩한 경고문 같은 마지막 문장들을 다시 한번 읽었다.

가장 잘하고, 가장 사랑하고, 가장 절실했던 것이 가장 아프게 나를 배반한다.

가장 가까이 있던 것들이 가장 멀리까지 도망가버린다.

21

"정말 죽고 싶은 거야, 마리?"

어떤 관계가 끝날 때, 가장 강렬하게 남는 인간의 표정에 제목을 붙인다면 나는 분노나 절망 대신 그것을 경멸이라 부르겠다.

"아니면 내게 보여주고 싶은 거야?"

성주는 피로 얼룩진 욕실 바닥과 카펫을 보고 있었다. 내 몸을 감싸고 있던 보호막은 화상 환자의 그것처럼 터지기 직전의 물집들로 가득 찼다. 나는 손에 쥐고 있던 면도칼로 한 번 더 손목을 그었다. 슬픔이 가득 찬 몸을 찔러 그것의 일부라도 빼내야 했다. 면도칼이 손목에 깊숙이 꽂혔다. 그가 내

팔을 붙잡고 칼을 던졌다.

"이러는 거 집착이고 의부증이야! 망상이라고! 왜 내 말을 믿지 않지? 난 아무도 만나지 않아!"

고통은 내 안에만 존재하는 것이다. 고통은 나누어지는 것이 아니다. 고통은 일부를 쪼개어 누군가에게 쥐여줄 수 있는 것이 아니다. 손목을 세 번이나 그어야 하는 고통은, 정맥이 차가운 면도날에 눌리고 끊기는 그 고통은, 성주의 말 한마디로 의부증이란 흔한 병명으로 추락했다. 나의 고통이 그의 절망일 수는 있어도, 나의 고통이 의부증일 순 없었다.

한때 나는 고통이 기쁨으로 견뎌지는 감정이라 착각했다. 그러나 고통은 기쁨이 아닌 그것보다 더 큰 고통으로만 잊히는 것이다. 고질적인 견비통은 더 끔찍한 치통 때문에 참을 만한 무엇이 되고, 종일 윙윙대는 귓속 이명은 잔인하게 찾아든 편두통 때문에 묻힌다. 고통은 결코 사라지지 않는다. 그것은 더한 고통으로 희미해지고, 시간 속에 서서히 퇴화되는 것이다. 정신적인 고통은 오로지 더 강한 육체적 고통으로만 해독할 수 있다. 나는 손목을 더 깊숙이 긋기 위해 손을 빼 들었다.

"지겨워!"

이미 면도칼로 손목을 세 번이나 그었으니, 이제 나는 그에게 충분히 지겨운 여자였다.

성주가 내 손목을 얇은 수건으로 틀어막았다. 그는 내 얼굴을 보지 않았다. 그는 내 환부를 들여다보고 핏자국들을 재빨리 지웠다. 세탁하고 햇빛에 말려 넣어둔 흰색 수건이 피로 물들었다. 더러워진 수건 몇 개가 바닥 위에 쌓여갔다.

성주가 물에 적신 타월로 빠르게 바닥을 닦기 시작했다. 나는 마우스를 움직이듯 기계적으로 반복되는 그 동작을 바라봤다.

"하고 싶은 말이 있어."

"치우고 나서 말해!"

"해야 돼!"

그는 나를 바라보지 않았다. 침묵과 또 다른 침묵이 부딪칠 때마다 침묵의 날카로운 모서리가 파편처럼 깨져 내 몸에 상처를 냈다.

그때의 내가 바랐던 건 그가 욕실 바닥에 주저앉아 그저 나와 함께 울어주는 것뿐이었다. 그때의 내가 참을 수 없었던 건 그의 작업실에서 새어 나오는 라디오 소리와 사랑 노래였다. 그때의 내가 참을 수 없었던 건 그가 이런 사랑 노래를 배경으로 벌거벗은 여자들의 가슴과 엉덩이를 끝없이 수정하고 있다는 것이었다. 그때의 내가 참을 수 없었던 건 결혼을 수단으로 이용하려 했던 남자와 내가 사랑에 빠졌다는 것이었다. 그때의 내가 진심으로 참을 수 없었던 건 헤어지면 임시 영주권이 끝장난다는 걸 알면서도 그가 한 번도 내게 간청하지 않는다는 것이었다. 그때의 나를 가장 슬프게 했던 건 너와 헤어지고 싶지 않다고, 널 사랑한다고, 그러니 우린 영원히 함께해야 한다고 그가 말해주지 않는 것이었다. 그의 숨겨진 여자가 내 생을 뒤흔들 만큼 모욕적이었기 때문에, 나는 세 번이나 몸 깊숙이 칼을 대고도 내 것이 아닌 그의 사랑을 감당할 수도, 용납할 수도 없었다.

사랑이 뜻밖의 증오가 되는 건 얼마나 쉬운가.

성주의 불행을 위해서라면 그때의 나는 내 심장도 찌를 수 있었다. 그것이 얼마나 무모한지 안다고 해서 생각을 멈출 수는 없었다. 뉴욕 경찰에 내가 알고 있는 누나의 이름과 핸드폰 번호를 제보하는 간단한 일만으로 나는 그를 한인 매춘 조직과 깊게 연루된 범죄자로 낙인찍을 수 있었다. 그를 불법체류자로 만들거나 가십을 좋아하는 미술계의 조롱거리로 매장시킬 수도 있었다. 총을 쏘는 건 너무 간단했다.

그가 컴퓨터 앞에 앉아 여자들의 몸을 해체하고 마구 썰어냈던 것처럼 나는 그를 으깨고 부수고 싶었다. 중국이나 필리핀의 어느 곳에서 죽음은 맨해튼의 몇 달 치 월세에 불과했다. 나는 상상 속에서 수도 없이 그를 죽였다. 한동안 증오는 끓어오르는 성욕처럼 한 치도 물러서지 않고 증폭되었다. 길을 걸으면서, 수면제를 삼키면서, 신인 작가의 미팅 자리에서도 상상은 점점 흉포해졌다.

그가 고통 속에서 죽어가며 '산다'라는 감각을 영원히 잃어버리길 원했다. 그가 앞으로 맞이할 시간이 '살아가는 것'이 아니라 '이를 악물고 버티는 삶'이길 원했다. 그 모든 것에 성공한다면 나 역시 그런 삶을 살게 되리란 걸 분명히 알고 있었지만 그의 불행을 위해서라면 내 행복을 희생하는 일은 아깝지 않았다.

그를 죽이는 건 정확히 나를 죽이는 방법이기도 했다.

나는 욕실에서 기어 나왔다. 있는 힘을 다해 그의 작업실 쪽으로 비틀거리며 걸어갔다. 모니터가 놓인 그의 책상까지 걸어가는 동안 현기증이 몰려왔다. 하지만 눈을 부릅뜬 채, 나는 그의 컴퓨터 앞까지 다가갔다. 여러 개의 창에 복수의 여자들이 흩어져 내 앞에 놓여 있었다.

컴퓨터 안에 있는 여자들은 내겐 이미 아무 의미도 없었다. 단지 그 많은 클리토리스와 깎여 나간 체모의 흔적을 보는 고단함이 온몸을 음습했다. 저들 중에는 수술 전, 나와 비슷한 가슴을 가진 여자도 있었을 것이다. 나는 주먹으로 모니터를 내리쳤다. 희미하게 바드득거리는 소리가 들렸다. 손가락 어딘가가 부러진 것 같았다. 그의 컴퓨터 속에서 계속 음악이 흘러나왔다. 나는 다시 한번 컴퓨터를 있는 힘껏 쳤다. 무감각의 고통 속에선 더 강한 고통이 필요했다.

세상의 모든 연인들에게 축복을 보낸다는 디제이의 멘트는 지금의 내 절망에 가장 어울리지 않는 배경음이었다. 아무렇지도 않은 그 일상들 때문에 나는 이 세계가 나와는 전혀 별개의 세계처럼 느껴졌다. 이전의 나는 한순간도 외롭지 않은 적이 없었지만, 그 어느 때도 지금 이 순간만큼은 아니었다. 지금 내 눈앞에 있는 남자가 외로웠던 시절의 내가 꿈꾸던 미래였기 때문에 나는 더 외로워졌다.

"마리, 결혼이 뭐라고 생각해?"

나는 엄마가 했던 말을 기억해냈다.

"마리, 결혼은 서로가 서로에게 예측 가능한 사람이 되어주는 일이야. 극장에 가든, 쇼핑을 나가든, 여행을 가든 언제나 다시 그 자리로 돌아오리란 걸 아는 거."

"돌아오는 거?"

나는 엄마의 말을 반문했다.

"그래. 돌아오고, 다시 돌아오고, 돌아오기 싫어도 또다시 돌아오는 게 결혼이야."

그때 엄마가 나를 너무 꽉 끌어안았기 때문에 나는 말을 할 수가 없었다. 지금은 말할 수 있다. '예측 가능하다'는 말은 결혼에 있어 조금도 끔찍한 말이 아니라는 것. 누군가에게 예측 가능한 사람이 되어준다는 건 그 사람의 불안을 막아주겠다는 뜻이라는 것 말이다. 누군가의 결핍을 누군가가 끝내 알아보는 것이 사랑이라면, 그 결핍 안에서 공기가 되어 서로를 죽이지 않고 살아 숨 쉬게 해야 한다.

서로에게 예측 가능한 사람이 되었다는 건 중요하고 사소한 수없는 약속들을 지켰다는 증거였다. 그것은 성공적인 결혼 생활을 유지한 소수의 사람들에게만 주어지는 보상이다. 누군가 그것을 '의리로 산다'는 말로 비꼰다 해도 나는 어떤 단서도 달지 않을 것이다. 왜냐하면 결혼이란 정말 그런 것들로 움직이기 때문이다.

"결혼은 했던 말을 몇 번이고 계속하는 일이 될 거야. 그건 앞으로 상대방이 하게 될 똑같은 이야기를 반복해서 들으면서도 지루한 표정을 짓지 않는 일이기도 해."

나는 성주에게 말했다.

"지겨운 일이네."

"지겨운 게 결혼의 핵심이야."

나의 부모도 겪었고 그의 부모도 겪었을 일을 나는 스스로에게 이야기하고 있었다. 아니, 예언하고 있었다. 어쩌면 결혼이란 그 모든 것을 알고도 매 순간 미리 실패하는 것이라는 걸.

22

아무도 없는 작업실에서 모니터를 보고 있는 성주를 발견한 건 일주일 후였다.

그의 책상 위에는 여러 병의 맥주와 와인, 보드카가 놓여 있었다. 나는 쓰레기통 밖으로 흘러나온 브루클린 라거 몇 개를 보았다. 바닥에는 맥주가 흘러 있었다. 그는 상처받길 원치 않는 사람 특유의 자세로 앉아 있었다. 어깨를 좁혀 몸을 웅크린 채 의자에 앉아 작고 단단하게 몸을 말고 모니터를 바라보고 있었다. 성주가 눈꺼풀 위에 손을 갖다 댔다. 그가 손을 뗐을 때 내가 본 것은 눈물이었다.

미국의 법은 적어도 이 년 동안 결혼을 유지하는 사람에게

십 년 이상의 영주권을 준다. 그것은 그가 조금 더 이 결혼 생활을 유지해야 원하는 걸 얻을 수 있다는 걸 의미했다. 그에게는 사랑하는 여자가 있었다. 그녀를 위해서라도 그는 이곳에 머물러야만 했다. 지금 사랑하는 여자를 위해 지금은 사랑하지 않는 여자와 살아야 하는 것, 그게 그의 현재이며 미래였다.

우산을 쓴 사람들이 거리를 빠르게 지나가고 있었다. 빗줄기가 거세지고 있었다. 모든 건 사라져버린다. 당신도 나도 우산을 들고 이 거리를 걸어가는 저 사람들도, 이 비 역시. 둘의 사랑이 기적처럼 비슷한 순간 시작되었다 해도 그것이 제 수명을 다하며 사라지는 속도는 다르다. 처음 그의 뜨거움이 내 왼쪽 심장을 관통했을 땐 그의 차가움이 내 손과 머리를 얼어붙게 할 거라고 짐작하지 못했다. 사랑이 식어가는 시간은 이렇게 달라서 나는 성주가 외과 의사처럼 여자들의 몸을 수선하며 듣는 라디오 소리를 점점 견딜 수 없게 되었다.

그가 아무리 볼륨을 줄이고 이어폰을 껴도 나는 그 모든 소리를 들을 수 있었다. 환각과 환청 속에서 나는 그 소리가 내 방 안으로 기어와 햇볕 가득한 방 위에 검은 어둠을 부어 나를 진창으로 빠트리는 모습을 보고 들었다. 마우스를 클릭하는 소리에서 나는 색깔과 냄새를 느꼈다. 점액질로 뒤덮인

희고 역겨운 냄새. 성주와 성주의 여자를 생각하고 증오하는 나 이외의 나는 어디에도 없었다.

그날 처음으로 병원에서 처방받은 약을 삼켰다.

마루를 쓸고 휴지통 네 개를 비웠다. 마루를 행주로 닦고 네 개의 휴지통을 씻었다. 커튼을 빨았다. 그릇들을 정리했다. 세탁해 말린 커튼을 다시 빨았고, 그릇을 다시 정리했다. 욕실 바닥과 변기의 뒷부분까지 락스를 뿌려 닦았다.

손가락 끝이 세제 때문에 발갛게 벗겨졌지만 연고는 바르지 않았다. 연고를 찾는 일이 지금의 내게는 히말라야를 트래킹하는 것보다 복잡하게 느껴졌다. 터진 손끝으로 밤새 편지를 쓰고 날이 밝으면 편지를 찢었다.

더 이상 편지를 쓸 수 없다고 생각했던 날, 나는 스웨터를 뜨기 시작했다.

뜨개질을 하면서 무엇을 해야 성주가 떠나는 걸 막을 수 있을지 알기 위해 골몰했다. 아니, 지금의 내가 무엇을 하지 말아야 그를 붙잡을 수 있을지를 생각했다. 어째서 이 무모한 사랑을 멈출 수 없는지, 그를 온전히 보낼 수 없는 것인지, 매순간 생각했다.

그를 증오할수록 그를 사랑하고 있다는 걸 깨달았다. 상관없었다. 그것이 무엇이든 어떤 시간은 그를 사랑하는 힘이 아니라 증오하는 힘으로라도 살아야 했으니까. 다시 병원에 갔다. 의사는 넉 달 만에 진료실에 찾아온 나를 4시간 전에 만난 친구처럼 대했다. 나는 바닥까지 떨어진 세로토닌 수치를 올려주는 약을 처방받았다.

처방받은 약을 끼니 대신 먹었다. 디저트처럼 수면제를 혀끝으로 녹여 삼켰다. 제일 먼저 회사에 출근하고 가장 늦게 퇴근하는 날이 이어졌다. 집에 들어가면 성주의 작업실 문을 열지 않으려고 노력했다. 그가 잠들면 작업실 문을 조금 열어놓았다. 잠결의 숨소리라도 듣고 싶었다. 잠들지 못하는 밤이면 그의 스웨터를 떴지만 수면제 때문에 스웨터를 뜨다가 앉은 채 자주 잠들었다. 나는 선물할 수 없는 스웨터가 완성되는 게 두려웠다.

원래 내 것이 아닌 것을 원한 적은 없었다. 스웨터 속의 우스꽝스러운 루돌프를 보면서 중얼거렸다. 나는 포기가 빠른 편이라고. 그러나 내 삶이라 믿고 선택했던 것을 누군가에게 빼앗기는 건 다른 문제였다.

성주의 여자가 누구인지 알고 싶었다.

그것이 끝을 알 수 있는 유일한 방법이었다. 처음으로 그의 이메일과 핸드폰을 뒤졌다. 나는 그의 흔적들을 조심스레 수집했다. 신시아가 해커를 고용해 이메일 비밀번호를 알아내는 방법을 알려주었다. 그러나 신시아가 모르는 게 있었다. 정말 간절하면 해커 따윈 필요가 없다는 것. 나는 그의 이메일 비밀번호를 알고 있었다. 그러나 나는 그 여자가 누구인지 알아낼 수 없었다. 내 인생의 목표가 오직 성주가 사랑하는 그 여자가 누구인지를 알아내기 위한 것으로 맞춰져 있을 때조차 그랬다.

한 계절이 바뀌었다. 고통 때문에 시간이 정지되었다고 생각하는 순간에도 시간은 뒤로 물러서며 흘러가고 있었다. 또 다른 가을이 왔다. 몇 개월만 견디면 그는 영주권을 받게 될 것이다. 아무것도 하지 않아도 흐르는 시간처럼 지금과 다른 곳에 도달해 있는 것. 그것이 성주가 내게 원했던 유일한 것일지도 모른다.

침묵이 한 사람이 선택한 유일한 소통 방식일 때, 그것은 잔인하게 상대를 난자한다. 상대의 침묵으로 절망에 빠진 사람은 공포 속에서 모든 것을 상상하고 추측할 수밖에 없다. 의사는 내게 상대방의 무응답 때문에 겪게 되는 심리적 풍파를 부정, 분노, 타협, 우울, 수용이라는 다섯 단계로 설명했다.

"이미 부정과 분노의 단계를 지났어요. 이제 타협과 깊은 우울의 단계로 접어들기 시작했고."

"그 여자를 알고 싶어요."

처음으로 의사에게 마음속 이야기를 했다.

"묻고 싶은 게 있어요."

"어떤 걸?"

"그를 사랑하는지 아닌지."

"만약 그쪽에서 사랑한다고 말하면요?"

의사가 나를 바라봤다.

"비겁한 사람이라고 생각할 거예요. 어떤 위험도 감당하지 않겠다는 뜻으로 들리니까. 사랑한다면 이혼을 요구하는 편이 덜 위악적이고 솔직해 보여요."

"만약 사랑하지 않는다고 말하면 어떻겠어요? 일방적으로 남자 쪽에서만 좋아하는 거라면?"

"용서할 수 없을 거예요! 절대로!"

나는 잠시 말을 멈췄다.

"이유를 말해줄 수 있어요?"

"그럼 똑같은 사람이 되는 거니까."

"무슨 의미죠?"

"성주와 내가 똑같은 사람이 되는 거니까요. 그건……."

"……."

"우리가 결국 다르지 않은 사람이라는 뜻일 테니까. 사랑받지 못해도 자신에게 온 사랑을 포기하지 못하는 사람이라는 걸 알게 되는 거니까. 그러면 절대로, 헤어질 수 없을 테니까. 그러면 나는……."

나는 곧 침묵했다.

의사는 내게 더 이상의 것을 묻지 않았다.

침묵은 인간이 가진 가장 두려운 힘이다. 어색한 상황에서 침묵이 흐르면 그 상황을 벗어나기 위해 먼저 말을 꺼내는 사람이 패배한다. 이것만은 분명하다. 먼저 말을 꺼낸 사람이 더 많이 상처받으리라는 것. 관계의 파국 안에선 마지막 말을 한 사람이 아니라 마지막까지 침묵하는 사람이 결국 원하는 것을 얻어낸다.

"헤어지자."

나는 결국 이기는 것보다 지지 않는 쪽을 선택했다.

"서류 정리하는 대로 짐 빼줘."

나는 성주를 이길 수 없었다.

자신의 여자를 알아내기 위한 끔찍한 집착의 종료. 내 말은 그에게 그렇게 들렸을 것이다. 성주가 긴 침묵 끝에 선택한 것 역시 침묵이었다. 나 역시 아무 말도 하지 않았다. 다만 이 모든 일이 그에겐 얼마나 다행스러운 일이었던지, 성주는 내가 알 리 없다고 확신한 자신의 비밀 블로그에 그 사실을 자신만의 암호로 기록해두었다.

성주는 나를 몰랐다. 그는 사랑을 몰랐다. 주는 쪽과 받는 쪽의 사랑이 얼마나, 어디까지 다를 수 있는지 그는 상상하지 못했다. 그때의 내가 무엇을 버리고 그를 선택했는지, 사랑이라고 믿었던 고통을 통과하면서 내가 얼마나 가혹하게 단단해졌는지에 대해 그는 무지했다. 합법적인 결혼이 서로가 서로에게 벌이는 불법적인 스토킹이 될 때 그것의 끝에 무엇이 있는지, 어째서 세상의 많은 연인이 가장 사랑했던 사람을 향해 칼을 휘두르며 가장 아픈 말을 던지게 되는지, 사랑은 어떻게 변질되어 분노가 되고, 결혼은 어떻게 부패해 이혼이 되는지 그는 이해하지 못했다.

나는 성주를 사랑하지 않는 것에 매번 실패했다. 나는 과거에도 미래에도 미리 패배했고, 미리 아파하느라 내가 가진 현재의 시간을 탕진했다. 그래서 그를 놔버리기로 한 것이다. 이 끔찍한 반복을, 마음속 심문을 말이다. 그것이 나를 구하는 유일한 길이란 걸 알았다.

그러나 차라리 읽지 않았더라면 좋았을 글은 늘 이런 식으로 읽게 된다. 그녀가 누구인지 조금도 알고 싶지 않았던 바로 그 마지막 순간에.

23

예정됐던 샌프란시스코 출장이 취소되었다.

갤러리는 임시 휴업 간판을 걸고 문을 닫았다.

뉴욕 역사상 최악의 허리케인이었던 샌디 때문이었다.

이곳 사람들은 샌디를 프랑켄스톰이라고 불렀다.

24

허리케인 샌디가 오던 날, 지하철과 버스가 불시에 끊겼다. 맨해튼의 불빛들이 사라졌고 도시는 영화 〈배트맨〉의 고담시처럼 어둠에 잠겼다. 저지시티, 뉴저지, 플러싱, 퀸스 등 많은 지역의 가스와 전기 공급이 중단됐다. 뉴욕의 모든 학교에 휴교령이 내렸다. 라과디아와 JFK 공항이 폐쇄됐고 항공기 결항으로 공항에 있던 사람들의 발이 묶였다.

뉴욕은 몇 시간 만에 난민들의 도시가 되었다. 접속자 폭주로 가장 먼저 항공사 사이트가 다운됐다. 주유소 앞 도로는 주차장으로 변했고 기름을 넣기 위해 길게 줄을 선 사람들로 북새통을 이뤘다. 동네 마트마다 생수, 우유 같은 생필품 사재기를 한 흔적이 허리케인처럼 남았다.

베드포드역을 지나가는 L트레인은 일주일 가까이 움직이지 않았다.

지하철역 앞에는 출입 금지 간판과 함께 노란색 테이프가 덕지덕지 붙어 있었다. 뱅크 오브 아메리카나 AT&T 같은 기업들이 수수료를 받지 않겠다는 문자메시지를 가장 먼저 송신했고 버스가 무료로 운행되었다. 하지만 맨해튼까지 나가려면 결국 페리를 탈 수 있는 선착장까지 걸어가야 했다. 학교에도, 회사에도 갈 수 없게 된 사람들은 건물 1층 로비의 텔레비전 주위에 모여 있었다. 사람들 사이에서 맨해튼에서 택시를 타지 말라는 얘기가 흘러나왔다. 기사들이 미터기에 없는 돈을 요구한다는 것이다.

핼러윈 페스티벌 역시 취소되었다. 식당 앞 창문에는 'NO CANDY BECAUSE OF SANDY!!! STOP BY LATER'라는 푯말이 붙은 곳이 많았다. 단골 튀르키예 식당에서 케밥을 먹다가 사이좋게 손을 잡고 들어온 요다와 다스 베이더 복장의 아이 둘이 캔디가 없다는 식당 주인 아삽의 말에 통곡하며 나가는 걸 지켜봐야 했다.

9.11 테러가 발생했을 때도 취소되지 않았던 뉴욕 마라톤이 취소됐을 때, 이상할 정도로 마음이 가라앉았다. 마라톤

당일, 나는 혼자 선착장까지 걸어가 사람들로 가득 찬 페리를 타고 이스트강을 건넜다. 페리에서 내려 일부만 복구된 J선을 탔다. 복구가 끝나지 않은 상태라 정차하지 않는 역이 정차역보다 더 많았다. 결국 나는 내려야 할 역보다 네 정거장이나 먼저 내렸다.

식스 애비뉴 애플 매장 맞은편 센트럴파크에 도착했을 때 뉴욕 마라톤 참가자로 보이는 사람들이 공원 주위를 뛰는 걸 보았다. 멀리서 보면 가벼운 조깅처럼 보였지만 막상 가까이 다가서면 100미터를 전력 질주하는 것만큼 빨랐다. 《뉴욕타임스》는 도쿄나 상파울루, 멜버른에서 온 마라톤 참가자 중 일부가 샌디 때문에 난민이 된 사람들을 위해 자원봉사자로 나섰다는 뉴스를 타전했다. 아이폰5가 막 출시된 5번가의 애플 매장은 사람들로 북적였다.

센트럴파크를 걷고 싶었다.

나는 십 메도Sheep Meadow까지 천천히 걸었다. 잔디밭에 누워 있거나 책을 읽는 사람으로 북적이던 그곳은 텅 비어 있었다. 샌디가 지나간 공원에는 아직 치우지 못한 낙엽 더미와 쓰레기들이 엉켜 굴러다녔다. 뉴욕을 배경으로 한 영화에 등장하는 센트럴파크의 가을 낭만은 그곳에 없었다.

취소됐거나, 폐쇄됐거나, 무기한 연기된 수많은 잔재가 더 없이 스산해진 공원에 초현실적인 분위기를 더하고 있었다. 누구도 없는 길에 다다르자, 센트럴파크의 신장, 비장과 췌장 같은 은밀한 내장 기관을 탐색하는 듯한 기분이 들었다. 바람이 불자 코트 깃이 너풀거렸다. 공원의 벤치 위에 누군가의 토사물이 보였다. 그 주위로 비둘기 서너 마리가 앉아 부지런히 그것을 쪼아 먹고 있었다.

성주와 처음 함께 앉아 얘기를 나누었던 벤치를 찾기 위해 걸었다. 재클린 케네디 오나시스 저수지 근처의 벤치였다. 그때 나는 꽤 높은 하이힐을 신고 있었다. 다리가 아프지는 않았다. 하지만 내 신발을 유심히 바라보던 성주가 "30분 안에 틀림없이 다리가 아파질 거예요"라고 말하는 순간, 발목에 통증이 느껴지기 시작했다. 성주와 내가 앉아 있던 벤치에는 이런 문장이 적혀 있었다.

…… and she will one day say yes.

센트럴파크에 있는 벤치에는 철판이 부착되어 있었다. 은색 철판 위에는 그것을 기부한 사람들의 사연이 담긴 문구가 적혀 있었는데 대부분 세상을 떠난 그리운 사람들에게 전하는 메시지였다.

널 만난 건 내 인생 최고의 행운이었어. 천국에서 행복해야 해.

마리나, 당신의 미소는 혹한에 죽어버린 꽃도 피게 할 거야.

사랑해, 마크, 지옥에 가더라도 당신의 등 뒤에서, 한 번만이라도 당신을 꼭 안고 싶어!

우울한 어느 날, 센트럴파크의 벤치 뒤에서 이런 문장을 발견한다면 그날은 운이 좋은 것이다. 뜻밖의 이런 문장들 때문에 세상의 선의와 사랑을 믿고 싶어질 테니까.

이런 말들은 어떤 깨달음을 준다. 사랑이 끝난 후에야 우리가 사랑의 시작을 가늠해볼 수 있다는 것, 사랑이 끝났을 때에야 우리가 사랑에 대한 오해를 넘어 이해의 언저리에 도달할 수 있다는 것, 사랑이 끝났을 때만이 우리는 정확한 사랑의 고백을 남길 수 있다는 것 말이다. 하지만 무엇보다 센트럴파크를 걸으며 알게 되는 가장 우연한 사랑의 깨달음은 이것이다. 가장 정확한 사랑의 고백은 오직 독백의 형태로만 존재한다는 것. 'and she will one day say yes'의 주인공처럼 말이다.

"이 철판 속의 남자, 지금도 그녀를 기다리고 있을 거야. 죽는 순간까지."

성주가 말했다.

"하지만 고백은 영원히 받아들여지지 않을 거야."

내가 말했다.

"마리, 영원히란 말 함부로 하긴 힘들잖아?"

"그래서 오히려 난 '영원히'란 말을 쓰지 않는 사람을 믿지 않게 됐어. 말의 무게를 감당하기 싫어하는 사람들이니까. 오히려 그 말을 자기 합리화나 자기 알리바이로 이용하니까."

"그럼 기적은 어때?"

성주가 말을 멈춘 채 나를 바라봤다.

"내가 가장 좋아하는 정의는 이미 생텍쥐페리가 얘기했어. 기적은 내가 좋아하는 사람이 나를 좋아해주는 것. 그러니까 이 글을 철판에 새긴 남자는 세상에서 가장 불행한 남자겠지. 짝사랑은 상대에게 영원히 도착하지 않는 편지를 평생 쓰겠다는 말이니까."

"영원히 도착하지 않는 편지라……."

"만약 기적이란 게 일어나서 여자에게 남자의 진심이 전해진다고 해도 뒤늦게 도착한 편지처럼 아무짝에도 쓸모없는 회한만 남길 거야. 그러니까 전해지지 않는 편이 나아. 답장을 쓰지 않아서 끊겨버린 얘기는 연결되지 않는 게 더 나으니까."

"잔인하네."

"잔인해져야 할 때 잔인해지지 못하는 게 훨씬 더 잔인한 거라고 생각해."

성주는 표정 없이 눈앞의 편백나무를 바라보고 있었다. 그의 눈은 내가 아닌 나무들을 향해 말하고 있는 것처럼 보였다.

"사랑에 빠진 사람들은 투명해지는 것 같아. 해파리처럼 안과 겉이 점점 더 환해져서 어느 순간 다 들여다보여. 그러니까 내 말은…… 당신도 보여. 그거 알아? 선글라스를 쓰면 훨씬 더 잘 보이는 거."

나는 선글라스를 끼고 있었다. 약한 시력 때문이기도 했지만 성주에게 굳이 내 표정을 읽히고 싶지도 않았다. 그때 벤치에 앉아 내 선글라스를 벗긴 건 성주였다. 그는 내 눈을 가만히 들여다보며 "눈물이 고여 있네!"라고 말했다. 그는 검지로 내 눈물을 닦아주었다.

그해 여름 우리가 앉아 있던 벤치를 찾아 호숫가 근처를 헤매듯 걷고 또 걸었다. 호수 옆 벤치 사이에는 젖은 낙엽 위를 뒹구는 더러운 운동화 한 짝이 보였다. 진흙이 묻은 끈이

어지럽게 풀려 있는 운동화였다.

센트럴파크에는 모두 몇 개의 벤치가 있는 걸까. 공원에 존재하는 벤치와 나무들, 꽃과 동상의 숫자들을 알아내면 이 오래된 공원의 비밀을 보게 될까. 성주와 앉아 있던 벤치는 여전히 호숫가 근처에 있을까. 벤치에 적혀 있던 문장은 이처럼 또렷한데 어째서 벤치는 찾을 수 없는 걸까. 태풍이 휩쓸고 간 공원을 걷는 사람은 외로운 사람일까, 망가진 사람일까. 호숫가 근처를 함께 걷던 몇몇 사람은 모두 사라지고 없었다. 어째서 그 벤치는 보이지 않는 걸까.

2시간 넘게 같은 곳을 빙빙 돌았다는 걸 알았을 때, 나는 몇 가지 사실을 깨달았다. 호숫가 근처를 뒹굴던 더러운 운동화는 누군가의 것이 아니라 내 것이라는 것. 한쪽 운동화가 벗겨진 맨발을 바라보며 나는 뒤엉킨 기억을 풀어냈다. 잔인해져야 할 때 잔인해지지 못하는 게 훨씬 더 잔인한 거라고 말한 사람은 내가 아니었다. 그건 성주의 선언이었다.

25

결혼을 결정하고, 이혼 서류를 작성하고, 이혼을 선언한 건 나였다.

사랑의 진짜 권력은 무엇을 하는 게 아니다.

아무것도 하지 않는 것이다.

아무것도 하지 않겠다고 선언하는 것이다.

그날의 성주처럼.

26

"마리, 하늘을 봐."

홍콩 란타우섬의 페리에 오르던 그때, 기상은 점점 악화되었다. 라이언은 바다를 바라보더니 손을 들어 하늘을 가리켰다.

"곧 비가 그칠 거야."

나는 그가 헛된 기대를 하고 있다고 생각했다. 하지만 라이언의 손가락이 가리키는 쪽으로 고개를 돌리자 보이는 서쪽 하늘은 남태평양의 깨끗한 바닷물처럼 파랬다. 검은 구름으로 뒤덮인 하늘 위에 그것은 기이한 작은 섬처럼 떠 있었다.

"어릴 적 아빠와 자주 보트를 띄우고 바다로 연어나 게를 잡으러 나갔어. 멀미 때문에 고역이었지. 아마 그때 내 구토물을 먹어치우고 잡힌 고기가 최소한 200마리는 될 거야. 그래도 바다낚시는 즐거웠어. 먼 바다로 나가면 두 개의 날씨를 동시에 볼 수 있거든."

그의 말처럼 극단적인 두 개의 날씨가 하늘 사이에 프라이된 노른자와 흰자처럼 분리되어 있었다. 라이언이 벗어준 우비 때문에 목덜미로 계속 물방울이 흘러내렸다. 하지만 비는 조금씩 잦아들고 있었다. 조금만 더 바다로 나가면 그가 얘기한 푸른 하늘 밑을 함께 떠다닐 수 있을지 모를 일이었다.

"마리, 우연을 믿어?"

라이언이 나를 바라봤다.

"믿는다면?"

"그럼 이렇게 얘길 시작해야겠지. 난 우연을 믿지 않아, 마리."

"모든 게 필연적이란 말인가?"

"아니. 필연과 달라. 가령 당신이 이 섬까지 오게 된 건 우연일 수 없다는 거지. 나는 당신이 처음 갤러리 문을 열고 들어오는 순간부터 지금 이 순간을 상상할 수 있었거든. 당신은 그때 주먹을 꽉 쥐고 있었는데 손등에 실핏줄이 화살처럼 튀어나올 것 같았어. 말이라도 잘못 붙였다간 한 대 얻어맞을 것 같은 분위기였지."

"릴리가 내 영입을 적극적으로 반대했다는 건 알고 있어."

"당연히 알아야지! 내가 일부러 흘린 정보니까."

"알아."

"물론 당신은 내 말을 믿지 않겠지?"

"거짓말이 당신 특기니까."

"역시!"

"본론을 말해."

"마리. 내 말은 '지금 이 순간'을 설명하려면 과거의 어떤 시간을 먼저 말해야 한다는 거야. 아시아의 어떤 스님이 이런 말을 했어. '인간은 과거를 살 수도, 미래를 살 수도 없다. 우리가 사는 건 지금뿐이다. 과거도 미래도 없다.' 하지만 누구에게도 현재는 현재로만 존재할 수가 없어. 사람은 생각보다 훨씬 복잡하거든. 언젠가는 물어봐야겠다고 생각했어. 왜 아무에게도 알리지 않고 성주와 결혼한 거야? 똑똑한 당신이 진심과 진실을 구별 못 할 만큼 멍청해진 거야?"

"진심과 진실?"

"예를 한번 들어보지. 애인의 마음을 다치게 하고 싶지 않다는 진심에서 견고한 거짓말을 한 남자가 있어. 그의 진심은 절대 애인을 다치게 하고 싶지 않다는 거야."

"그럼 진실은?"

"이미 다른 여자와 잤다는 거지. 그것도 여러 번! 하지만 그는 진심으로 애인과의 관계를 지속하고 싶어 해. 그래서 거짓말을 하고 있는 거라고. 이때의 거짓말은 필사적이고 헌신적이야."

"어렵네. 자기기만적이고."

"사랑은 복잡하니까."

"난 사랑이 단순한 건 줄 알았는데?"

"거짓말!"

순간 라이언의 눈에서 성주에게서 보았던 눈빛이 보였다. 거짓말의 거짓말들. 나는 보내지도 않은 답장의 답장을 받았던 순간을 떠올렸다. 내가 성주에게 했던 거짓말도 떠올랐다. 나는 보내지도 않은 답장을 보낸 것처럼 행동했다. 관계를 지속하고 상처를 줄이기 위해 성주가 내게 했을 거짓말을 상상하면서 말이다.

라이언의 말이 맞다. 진실과 진심은 종종 어긋난다. 그것은 서로를 향해 맹렬히 달려가지만 만나지 못한 채 자주 서로에게 등을 돌린다. 어떤 진실은 한 사람의 진심을 거짓이나 배신으로 만든다. 죄책감 때문에 진실을 말하는 사람과, 상대가 받을 상처 때문에 진실에서 멀어진 진심을 선택하는 사람 중 어느 쪽이 조금 더 윤리적일까. 어디까지가 뻔뻔한 솔직함이고 어디까지가 선의의 거짓말인 걸까.

"마리, 내 말 듣고 있는 거야?"

갑자기 바람이 더 거세게 불었다. 가이드가 나눠준 커피는 식어 있었다. 식어버린 커피엔 란타우섬의 차가운 바람과 빗물 맛이 느껴졌다. 불순물처럼 섞여 오래도록 기억에 남을 맛이었다.

점점 배의 속도가 줄어들었다. 엔진 소리가 잦아들자 파도 소리가 더 선명하게 들렸다. 비가 그친 왼쪽 하늘에 강한 햇살이 바람을 등지고 커다란 우산처럼 펼쳐졌다. 30분 넘게 고막을 건드리던 소음이 사라지자 배 안으로 정적이 밀려 들어왔다. 엔진을 끈 배가 좌우로 심하게 흔들렸고 사람들이 웅성거렸다.

"이곳이에요!"

가이드가 소리쳤다. 그는 일어서서 돌고래들이 자주 출몰한다는 지역을 손가락으로 가리켰다. 앉아 있던 사람들이 뱃머리로 황급히 몰려들었다. 라이언은 뱃머리로 가려고 일어서는 내 손을 붙잡았다.

"조심해, 마리."

그는 손을 놓지 않은 채 내게 말했다. 나는 라이언의 얼굴을 바라봤다. 라이언을 조심하라는 릴리의 경고가 없었다면 나는 그를 그저 무자비한 비즈니스맨 정도로 생각했을 것이다. 이곳에선 친절함이나 다정함보단 '미소 뒤에 숨겨진 야망'이라던가 '친절 속에 스민 비열함' 같은 말이 훨씬 더 가슴에 와닿았으니까.

"뛰다가 당신 다리가 부러지면 내가 업고 가야 하잖아. 나야 좋지만."

"좋아하는 거야? 나를?"

그는 내 질문을 듣지 못했다. 내 목소리는 무섭게 쏟아지는 바람에 찢겨 갈가리 흩어졌다.

"라이언."

그는 내가 부르는 자신의 이름을 끝내 듣지 못할 터였다. 섬 바깥으로 불어오는 찬 바람 때문에 아무리 노력해도 내 목소리는 떨렸다. 떨지 않기 위해선 조금 더 느리게 말해야 한다는 걸 알았다. 하지만 말이 너무 느려지면 말 사이엔 침묵이 스미게 마련이고, 라이언처럼 예민한 사람들은 침묵 속에서도 많은 정보를 읽어낼 것이다. 내가 목격한 그의 재능은 결코 말하고 싶지 않은 것을 스스로 말하게 한다는 것이었으니까.

"당신은 거짓말쟁이야, 라이언."

나는 최대한 빠르게 말했다.

"내게 홍콩이 춥다고 하진 않았잖아? 트렁크 속에 전부 얇은 봄옷뿐이고, 세일 기간도 끝났는데 난 아직 이틀이나 홍콩에 더 있어야 해. 내 월급이 당신보다 많은 것도 아니잖아? 당신 때문에 망했어! 벌써 감기에 걸린 기분이야!"

내게 유머 감각이 없다는 건 나도 잘 알았다. 그러나 내겐 상황을 부드럽게 만들 수 있는 재능이 있었다. 그건 이민자 출신인 내 부모와 친구들이 후천적으로 만들어준 것이었다.

"마리!"

라이언은 나를 보더니 웃기 시작했다. 그때 연달아 큰 너울이 강하게 배를 치고 지나갔다. 순간 몇몇 사람들이 비명을 지르면서 넘어졌다. 말이 채 끝나기도 전에 나 역시 그의 몸 쪽으로 휘청거렸다. 라이언은 넘어지려는 내 허리를 붙잡아 세웠다. 허리가 심하게 꺾였지만, 그런 불안정한 자세에서도 이상할 정도로 편안함이 느껴졌다. 마치 그의 손이 아주 오래 전부터 내 몸을 받치고 있는 것처럼.

라이언이 넘어지려던 내 몸을 받치는 순간 그의 지퍼 속의 단단한 그것이 내게 명백한 사실 하나를 말했다. 나는 욕망을 사랑이라 착각할 나이를 지나왔다. 그러나 동전의 양면처럼 욕망과 사랑이 다른 말이 아니란 것도 이젠 안다. 사랑을 믿지 않게 되었다고 말하면서도 사랑을 믿고 싶어지는 것과 마찬가지로, 수많은 모순과 이율배반을 겪고 견디는 동안 나는 점점 말보다 몸을 더 믿게 되었다. 긴장 때문에 손바닥에 흐르는 땀과 떨리는 입술, 흔들리는 눈빛과 터질 듯 움직이는 심장 소리 같은 것의 진심을 말이다. 라이언의 손이 란타우섬의 차가운 바람 속에 서 있던 내 얼굴을 감쌌다. 얼굴 위에 내려앉은 그 손은 믿을 수 없을 만큼 따뜻했다.

"내 눈에는 너무 잘 보이는 것들이 당신 눈엔 어째서 조금도 보이지 않는 걸까?"

라이언은 눈을 감은 채 말하고 있었다.

"성주가 사랑하는 여자는 당신이 아니야. 내가 사랑하는 여자가 지금 당신이 상상하고 있는 그 여자가 아니듯."

나는 감고 있는 그의 눈꺼풀을 바라봤다. 그가 하려는 말을 나는 이미 알고 있는 것 같았다. 나는 한 번도 눈을 감지 않았기 때문에 이미 많은 것을 바라보는 중이었다. 어디까지가 사랑이고 어디까지가 사랑을 유지하기 위한 허망한 노력일까, 어디까지가 욕망이고 어디까지가 집착일까. 욕망이나 미련, 집착이 끝내 사랑일 수 없다면, 사랑 비슷해 보이는 사랑 아닌 것들을 나는 무엇으로 불러야 할까. 그의 입술에선 란타우섬의 바람 냄새가 났다.

그때 뱃머리에 있던 누군가가 큰 소리로 비명을 질렀다. 사람들이 허둥대며 아이패드와 핸드폰을 꺼내 들었다. 카메라를 들고 있던 일본인 남자의 셔터가 가장 먼저 번쩍였다.

"핑크 돌고래들이에요!"

멀리서 부인이 다급히 내게 손짓하는 모습이 보였다. 강한 바람에 뒤집힌 풍성한 백발이 깊게 파인 그녀의 왼쪽 미간의 주름을 가리고 있었다. 젊은 시절 아름다운 금발이었을 그녀의 머리카락은 잦아든 바람에도 시든 식물처럼 곧 부서질 듯 보였다.

27

"마리, 내 결혼식 들러리 부탁해도 될까? 신시아는 승낙했어."

릴리가 나를 빤히 바라보며 말했다. 브루클린 식물원에서 가족, 친구들과 함께하는 5월의 결혼식. 그것은 언젠가 내가 꿈꾸던 결혼식이기도 했다. 숲을 낀 호수가 있는 공원, 오아시스가 있는 사막, 코끼리와 기린이 있는 동물원 같은 정답에 가까운 결혼식 말이다.

"당연하지!"

예상된 질문에 정답을 말해주는 건 쉬웠다. 릴리는 눈물까지 글썽이며 나를 껴안았다.

"신시아는 너한테 절대 들러리 부탁하지 말라고 했어. 세 번이나!"

"신시아답네."

"그래도 나는 꼭 부탁하고 싶었어! 몬탁에는 혼자 갈 거야?"

"그래."

"이혼소송도 아직 진행 중인데 괜찮겠어? 며칠 전에 성주를 만났어. 전시 때문에 시카고에 간다고 하더라."

"결혼식 준비 힘들지 않아?"

나는 화제를 돌렸다.

"라이언 집으로 들어가는 거라 준비할 게 없다고 생각했는데 아니더라. 다이어트 중인데도 스트레스 때문에 몸무게가 3킬로그램이나 늘었어."

내게 듣고 싶어 하는 말을 꺼내기보단 릴리가 내게 하고 싶은 얘길 듣는 쪽이 조금 더 수월했다. 설령 그것이 나쁜 경우라도 예측 경로를 이탈하지 않는 사람을 상대하는 일은 어렵지 않다. 릴리와 내가 함께 일할 수 있었던 것도 그런 이유였다. 지금 그녀가 하는 말에는 '준비할 게 많으니까 네가 나를 도와줘!'라는 말이 생략되어 있었다.

릴리는 애초에 누군가의 마음을 읽고 배려할 생각이 없었다. 그래서 원칙과 약속을 수시로 바꾸면서도 죄책감 없이 많은 일을 빠르게 해치울 수 있었다. 그녀는 해맑은 얼굴로 이혼소송 중인 친구에게 결혼식 들러리와 준비를 도와달라고 말할 수 있는 사람이었다.

그녀는 미국식 신자유주의 사회에 최적화된 진화의 승리자였다. 릴리와 라이언은 그런 의미에서 잘 어울렸다. 그녀의 유대인 인맥은 어떤 장신구보다 반짝거렸고, 그의 사업 감각은 그 인맥을 정확히 활용할 것이다. 릴리는 그런 점에서도 최종 승자였다. 그녀는 결혼도 기업인수합병처럼 설득 가능한 영역이라는 것을 마침내 증명한 셈이었다. 모든 결혼이 사랑으로만 성립되지 않으며 결혼이 가진 제도적, 도덕적 결함을 인정하고 나면 열리는 새로운 세계가 있다는 것을 말이다.

나는 그들의 결혼 생활이 궁금했다. 그것이 가지는 경제적, 윤리적, 창조적 가능성이 어디까지 확대되고 번질지 기대됐다. 이 좁은 바닥에선 이미 그들의 결혼이 언제까지 이어질지 내기가 한창이었다. 지난밤 나는 침대에 누워 릴리에게 해줄 결혼식 축사를 미리 생각했다.

"릴리, 결혼은 이혼을 감당하면서부터 시작되는 거야. 우리 삶도 그렇잖아? 죽음을 감당하면서부터 제대로 된 삶을 살 수 있다고 생각해. 곧 죽는다고 생각하면 삶은 더할 나위 없이 선명해지지. 여자는 남자를 구원하고 싶어 해. 그래서 남자를 변화시킬 수 있을 거라고 믿는 순간 결혼을 결정하기도 해. 하지만 라이언은 쉽게 변하지 않을 거야. 넌 이제부터 성공하는 법이 아니라 덜 실패하는 법을 배워야 할 거야."

누군가의 결혼을 보면서 이혼을 먼저 상상하는 일은 불온하다. 관계가 파탄 난다는 점에서 이혼은 보통의 결별과 비슷해 보이지만 전혀 다른 종류의 내상을 입힌다. 그러니 어쩌면 이런 결혼에서 가장 덜 실패하는 실용적인 방법은 아이를 낳지 않고 이혼하는 것일지도 모른다.

이혼은 종종 예상과 다른 심리적 내상을 입힌다. 이제부터 어떤 것이 내 것이고, 어떤 것이 네 것인지 결정해야 한다. 개나 고양이가 두 마리라고 해서 사이좋게 한 마리씩 나눌 수 있는 문제가 아니다. 누구도 그것을 포기하고 싶어 하지 않기 때문에 결국 누구도 그것을 갖지 못하게 되는 것. 솔로몬의 지혜가 통용되지 않는 세계. 이때의 솔로몬은 아이를 반으로 갈라 둘로 나누는 꼼수가 아니라 아이의 친아빠를 찾는 정수를 찾아야 한다.

사람들은 대부분 공정한 분배에 실패한다. 언제나 자기 것이 생각보다 너무 작다는 것에 분노한다. 물건에도 감정은 있다. 소파를 매장에서 샀던 사람이 아니라 그것을 집에서 더 오래 사용한 사람이 축적한 감정의 무게 말이다. 분배의 기준은 파탄 난 두 사람만 정할 수 있다는 점에서 더 폭력적이다. 지옥 같은 분배의 과정을 통해 사람들이 결국 깨닫는 건 타인의 물건을 집어 던지거나, 박살 내 부수는 정도의 폭력은 진심 어린 애정과 관심을 기초로 한다는 것 정도다.

"마리, 결혼식에 성주도 올 거야."

"알고 있어."

거짓말이었다. 나는 그 사실을 알지 못했다.

"라이언도 성주가 오길 원했어."

릴리 역시 거짓말을 하고 있었다.

라이언은 성주가 결혼식에 오는 걸 원치 않았다. 언젠가 그가 성주를 겉과 속이 지나치게 똑같은 사람이라고 말했을 때, 나는 반문했다. 타인을 통해 자신의 맨얼굴을 보는 것만큼 불쾌한 일도 없을 것이다. 라이언은 성공에 대한 지독한 열망이 성주를 사랑스럽지만 촌스러운 속물로 만든다는 결론에 이르렀다.

그는 어젯밤에도 록펠러센터가 보이는 자신의 발코니 밖으로 나를 끌고 나와 "내가 지금 사랑하는 건 너야, 마리"라고 속삭였다. 그가 "나의 발코니가 되어줘"라고 말했다면 가볍게 웃어넘겼을 것이다. 잔소리하는 아내 몰래 가끔 술 한

잔 마시며 담배 연기를 뿜어댈 수 있는 발코니 같은 존재란 말은 도리어 솔직해 보였다. 그 정도의 위안이라면 넘칠 일은 없을 것이다. 게다가 그의 말에는 언제든 폐기 가능한 '지금'이라는 안전장치까지 달려 있었다. 내일은 사라질지 모르지만, 지금만큼은 사랑한다는 솔직함 말이다. 마흔 넘은 남자가 위선 없이 자기 욕망에 충실하다는 점에서 라이언은 천진하기까지 했다. 그런 점에서도 그는 릴리와 천생연분이었다.

"하고 싶은 말이 목구멍까지 넘칠 때 사람들은 어떻게 하지? 딸꾹질을 하나?"

어젯밤 라이언은 술에 취해 내게 전화를 걸었다.

"사랑해, 마리."

"당신 여자가 질투의 화신이라는 건 알고 있어?"

"릴리가 성주를 교묘히 이용해서 당신을 끈질기게 괴롭히는 걸 보면서 알게 됐어. 미치광이 스토커가 따로 없더군."

"내가 릴리에게 당하는 게 좋아?"

"당연하지! 나는 늘 당신에게 당하니까."

"릴리가 내게 들러리를 부탁했어."

"알아. 내가 시켰어."

"대단하네!"

"약혼녀에 대한 최소한의 예의랄까. 난 성주와는 달라. 나는 여자의 불안을 말과 행동으로 잠재우는 남자야. 어때? 기분 나빠?"

"기분 나빠 한다고 뭐가 달라지나?"

내가 말했다.

"마리…… 난 가끔 당신을 이해할 수 없어. 릴리에게 톰 핸슨 같은 유망주를 뺏겼을 때도 그런 태도였잖아. 비렁뱅이에게 적선하는 귀족 부인 같달까. 정작 그에게 공들인 건 당신이었는데 말이야."

"호들갑 떨지 말아. 그런 적 없어."

"업계에서 당신을 어떻게 부르는 줄 알아?"

"알고 싶지 않아."

"알려주고 싶은데 안타깝네. 그 별명 내가 지었는데!"

라이언이 말했다.

"하고 싶은 말이 뭐야?"

"난 자기 손에 있던 걸 순순히 남에게 넘기는 갤러리스트를 본 적이 없어. 물론 당신이 더 큰 거래에 성공했다는 건 잘 알아. 직관이 뛰어나다는 것도 알지. 하지만 당신에게도 작가나 작품을 고르는 기준이 있을 거잖아. 포기하거나, 하지 않거나 하는 특별한 기준 말이야. 근데 가끔 그게 뭔지 잘 모르겠다는 거지."

"알려고 하지 마."

"아니, 보면 볼수록 더 알고 싶어져. 오히려 릴리는 머리부터 발끝까지 이해가 돼. 탐욕의 방향을 가늠하면 그런 부류는 선명해지거든. 릴리에겐 탐욕을 넘어서는 감정이 없어. 그러니 그 누구와 헤어진다고 해도 무시무시한 복수심을 바탕으로 자기 세계를 더 크게 구축할 배포가 있지. 배울 점이 있어."

"눈물겨운 사랑 고백이네. 진공청소기 씨."

"내 별명은 내가 들어도 참 재수 없어. 당신이 부를 때 빼면. 그나저나 내가 사랑한다고 말했나?"

라이언의 혀 꼬부라진 소리를 더 이상 듣고 싶지 않았다. 무엇보다 사랑한다는 말은 결혼을 두 달 앞둔 남자가 할 수 있는 가장 비현실적인 말이었다. 나는 그에게 내가 할 수 있는 가장 현실적인 말을 했다.

"술주정 그만하고 여기로 와. 지금 하고 싶으니까."

라이언이 웃었다.

"당장 갈게……."

그가 말을 멈췄다. 기이한 침묵이 잠시 흐르더니 그가 갑자기 딸꾹질을 했다. 연달아 네 번이나. 그가 딸꾹질을 참으려 할 때마다 뱃속에서 밀려 나오는 바람 소리가 꼭 방귀 소리처럼 들렸다. 나는 웃었다. 너무 웃어서 눈에 눈물이 고였고 목이 따가웠다. 그는 여러 번 참지 못하고 계속 딸꾹질을 해댔다.

"웃는 거, 정말 오랜만이네, 마리."

내 말이 거짓말이라는 건 라이언이 가장 잘 알고 있었다.

나는 성주 이외의 누구와도 잘 수 없었다.

28

성주와 결혼하기 전, 혼자 갤러리 근처 첼시 호텔에 머물곤 했다.

1017호. 가수이자 시인이었던 패티 스미스가 사진가인 로버트 메이플소프와 동거했던 곳이기도 했다. 패티 스미스의 말에 의하면 1017호는 첼시 호텔의 모든 방 중 가장 작았다. 그녀는 1017호를 '방은 옅은 푸른색이고, 하얀 철제 침대에는 크림색 시트가 덮여 있었고, 세면대와 거울, 작은 수납장이 있었고, 빛바랜 깔개 위에 소형 흑백 티브이가 놓여 있는 곳'이었다고 회상했다.

시인 딜런 토마스는 첼시 호텔에서 술에 취해 요절했고, 밴드 '섹스 피스톨즈'의 시드 비셔스는 마약에 취해 자신의 애인 낸시를 칼로 여러 차례 찔러 죽였다. 앤디 워홀에게 버림받은 에디 세즈윅이 도망치듯 머문 곳도 첼시 호텔이었다. 1017호에서 마약과 술에 취해 〈오후만 있던 일요일〉 같은 나른한 노래를 들으며 손목을 칼로 긋는 여자가 한 명 더 생긴다고 해서 이곳은 조금도 변하지 않을 것이다. 예술가의 마지막 죽음을 목격한 곳이라는 호텔의 오랜 전통이 조금 더 이어진 것일 뿐이다. 뉴욕은 요란한 불행에 익숙해진 도시였다.

이혼소송이 진행되는 동안, 성주와 함께 걷거나 묵었던 곳에 가보았다. 뜻밖에 우리가 함께 갔던 곳은 많지 않았다. 나는 우리의 일상이 브루클린의 집과 사방 몇 킬로미터 안에 있다는 걸 뒤늦게 깨달았다.

성주와는 첼시 호텔에 딱 한 번 머물렀다.

그곳의 침실과 욕실에서 그와 서서 사랑을 나눴다. 그의 치골이 내 몸 위를 짓누를 때마다, 나는 그의 귓속에 대고 로버트가 찍은 패티의 사진이 세상에서 가장 아름답게 느껴진다고 속삭였다. 성주가 2시간 만에 자신의 짐을 정리해 내 집으로 이사 왔을 때, 그의 커다란 배낭 안에는 패티 스미스의 자서전이 들어 있었다.

"선물이야!"

나는 그가 건넨 책을 받아 들었다. 패티 스미스의 사진이 있는 표지 위에는 나와 함께 첼시 호텔에 머물렀던 날짜가 적혀 있었고, 그날 우리가 나누었던 섹스 횟수가 굵은 볼드체로 적혀 있었다.

"페이지는 찢을 수 있지만 표지는 영원한 거니까."

성주가 나를 바라봤다.

"패티 스미스와 로버트 메이플소프 얘기 중에 내가 좋아하는 에피소드가 있어. 두 사람은 모두 그림 보는 걸 좋아했지만 가난했어. 그래서 어렵게 미술관에 갈 돈을 마련하곤 했지. 하지만 티켓을 두 장 살 돈은 벌 수 없었어. 그래서 두 사람이 선택한 방법이 뭔지 알아? 한 사람씩 미술관에 교대로 들어가는 거야. 한 명이 들어가서 전시를 본 다음에 전시에 대해 자세히 말해주는 거지. 그날 둘은 휘트니 미술관에 갔는데 패티가 전시를 볼 차례였어. 그 장면을 읽어줄게. 내가 가장 좋아하는 장면이거든."

성주는 내가 들고 있던 패티 스미스의 《JUST KIDS》를 빼앗듯 펼치더니 자리에 서서 읽기 시작했다.

"어퍼이스트사이드로 자리를 옮긴 휘트니 미술관에 간 날은 내가 들어갈 차례였다. 미안해하며 들어가서 전시를 봤지만, 지금 내 기억 속에는 그날 미술관 건물의 거대한 창 너머로 건너편 주차 미터기에 기대 담배를 피우던 로버트의 모습밖에 남아 있지 않다."

그가 나를 가만히 바라봤다. 그의 눈에 눈물이 고여 있었다. 그가 이 장면을 왜 읽고 싶어 했는지 어쩐지 알 것 같았다. 그 후로도 성주는 내게 많은 것을 읽어주었다. 열 번 이상 읽었다는 김용의 《영웅문》을 읽었고, 《뉴욕타임스》의 부고 기사들을 모아 1시간 동안 읽어준 적도 있었다. 그는 맨해튼 전봇대 위에 붙어 있는 데이트 신청 글이나, 센트럴파크의 벤치 위에 적힌 문장들도 읽었다. 내게 무엇인가를 읽어줄 때 성주의 목소리는 늘 자신의 톤보다 더 낮아져 땅 밑으로 흐르듯 미끄러졌다. 시차 적응에 영원히 실패한 여행자처럼 한낮에 한국의 심야 라디오를 듣던 습관 때문인지도 모른다.

"재밌을 거야. 마리, 네가 먼저 들어가서 전시가 어땠는지 내게 말해줘."

내가 이 일을 어제의 일처럼 선명하게 기억하는 건 다음날 우리가 수십 년 전의 패티와 로버트 커플처럼 행동했기 때문이었다.

"패티처럼 해보자고?"

"당연하지. 로버트처럼!"

성주가 나를 바라보며 좋아하는 축구팀 선수를 만난 소년처럼 미소 지었다.

"좋아……."

나는 고개를 끄덕였다. 그때, 휘트니 미술관에선 쿠사마 야요이의 전시가 열리고 있었다.

"나는 늘 빨간 머리 여자 친구가 있었으면 좋겠다고 생각했어."

성주가 쿠사마의 빨간 머리를 보며 선언하듯 외쳤다.

며칠 후 성주와 모마MoMA에 갔을 때 그는 내게 더 엉뚱한 제안을 했다. 자신이 가지고 있는 학생증으로 무료입장권을 받아내겠다는 것이었다. 뉴욕의 많은 미술관들은 예술학교 재학생들에게 무료 관람을 허용하는 정책을 펴고 있었다. 성주가 어째서 일 년이 훌쩍 지난 학생증을 가지고 있는지 알 수 없었다.

"우리가 헤어지게 되더라도, 이날을 잊어선 안 돼. 마리, 당신이 날 잊어버리면 정말 슬플 거야."

평소의 나라면 그의 제안을 받아들이지 않았을 것이다. 하지만 유치찬란한 장난을 이토록 진지하게 논하는 남자 앞에서 나는 안 된다고 말할 이유를 찾지 못했다.

나는 매표소 쪽으로 달려가는 성주의 뒷모습을 바라봤다. 미술관 입구에 서서 그 옛날 로버트 메이플소프처럼 벽에 기대 지나가는 사람들이 만드는 한낮의 그림자들을 바라보았다. 한 번도 피워본 적 없는 담배가 피우고 싶단 생각이 들었다. 성주가 밤새 피우던 골루아즈 냄새가 그리웠다.

나는 눈을 감았다. 다시는 이런 짓을 하지 않겠다고 결심하면서. 출렁거리는 배에 탄 듯 왼쪽 가슴이 울렁거렸다. 나는 천천히 감고 있던 눈을 떴다. 미술관을 지나가던 여자가 나를 빤히 바라보고 있었다. 그녀는 쿠사마 야요이처럼 풍성한 빨간색 머리카락을 가지고 있었다. 그녀의 손은 정확히 내 털모자를 가리키고 있었다. 예쁜 것을 보면 어디에서 산 것인지 출처를 묻는 건 이곳에선 흔한 일이었고 뉴요커의 문법이기도 했다. 직접 뜨개질한 것이라고 말하자, 빨간 머리 여자는 모자를 자신에게 팔라며 명함 하나를 건넸다. 그녀가 비비안 웨스트우드를 닮았다는 생각은 한참 후에야 들었다.

잠시 후 성주가 걸어 나왔다.

"마리!"

그는 내 이름을 유별날 정도로 크게 불렀는데 그의 왼쪽 손에는 정말 'FREE STUDENT'라고 적힌 미술관 패스가 들려 있었다. 나와 눈이 마주치던 순간, 그는 오른쪽 손으로 브이를 그렸다. 그리고 활짝 웃으며 중력이 존재하지 않는 세상에 사는 발레리노처럼 높이 점프했다. 성주는 내게 전력 질주하듯 달려왔다.

시간이 정지해 있었으므로 나는 그때의 풍경을 얼마든지 그릴 수 있었다. 하늘 위에 떠 있던 토끼 모양의 구름, 장난스러운 성주의 얼굴과 웃을 때 입가에 번지던 작은 빗금들, 채플린 흉내를 내듯 지그재그로 이어지던 걸음걸이, 그가 입고 있었던 흰색 셔츠의 뜯어진 밑단과 앞이 구겨진 뉴발란스 운동화, 그를 뒤쫓던 오후 3시의 그림자가 만든 좁고 긴 무늬들…….

다른 일을 할 수도 있었을 시간에 어떤 사람은 누군가를 기다리는 것으로 삶을 탕진한다. 어쩐지 나는 아주 오랫동안 그를 기다려온 사람 같았다. 그를 기다리기 위해 많은 순간을 참고 견디며 살아냈던 것 같았다. 그 순간 나는 그런 사실들을 알 수 있었다.

그때 그가 내게 선물한 건 25달러짜리 미술관 티켓이 아니었다. 그 시절의 내가 그에게 받은 선물은 그전까지 내가 한 번도 보지 못했던 나의 또 다른 내면이었다. 그때 성주는 내게 그걸 가뿐히 복원해 보여줬다.

나는 영원히 그의 뺨과 어깨를 쓰다듬으며 너는 아름답다고 말해주는 사람이 되고 싶었다. 그런 사람이 될 때만이 나는 온전한 삶을 살아갈 수 있을 것이라고, 그에게 몇 번이고 다짐하듯 말하고 싶었다. 하지만 어떤 말도 나오지 않았다.

"화난 거야? 속인 게 걸릴까 봐 걱정돼서?"

휘트니의 어두운 전시 공간에 들어갈 때마다, 성주는 달래듯 내 입술에 입을 맞췄다. 서늘하고 비좁은 공간에서 느껴지던 성주의 따뜻한 입김이 콧등을 건드릴 때마다, 그의 손끝이 닿은 뺨이 간질거릴 때마다, 나는 내가 기억하거나 끝내 글로 쓰게 될 것들은 결국 몸이 기억해내리란 걸 알았다. 절대 사진으로 찍히지 않을 것들, 눈에는 보이지 않는 체온과 울림 같은 것, 가슴에 새기지 않으면 한순간 사라져버리는 것들 말이다.

우리가 함께 묵었던 첼시 호텔 벽을 바라보았다.

어떤 것도 적혀 있지 않은 빈 벽이었다.

하지만 그곳에 그와 나, 한때의 사랑이 있었음은 자명했다.

29

이혼을 결정한 후, 성주가 가장 먼저 한 일은 벽에서 자신의 사진을 떼어내는 일이었다. 그는 가장 먼저, 침대 위에 붙어 있던 커다란 사진을 떼어냈다. 장소를 알 수 없는 폐가 옆에 서 있던 커다란 버드나무 사진이었다.

둘째 날, 그는 벽에 붙어 있던 사진 네 장을 동시에 떼어냈다. 숲을 찍은 사진 둘, 하늘 위에 걸린 나무 사진 하나, 침대에 엎드린 채 누워 있는 전 애인의 나체 사진이었다. 그 사진이 그가 유일하게 사람을 찍은 사진이었다. 성주는 그녀를 고사枯死한 나무처럼 찍었다. 나는 사진 속 그녀를 나무 여자라고 불렀다.

셋째 날, 그는 화장실 벽에 붙어 있던 사진을 떼어냈다. 습기 때문에 언젠가 떨어질 사진이었다.

넷째 날, 그는 브루클린에 정착해서 처음 찍기 시작했던 폴라로이드 사진을 창문과 벽에서 떼어냈다. 모두 백마흔두 장이었다. 가스레인지 앞에 붙어 있던 사진을 떼어낸 건 다섯째 날이었다.

사진을 떼어낸 자리의 타일이 유독 하얗게 빛났다.

그의 행동이 내가 보인 무관심에 대한 시위란 생각은 들지 않았다. 하지만 조금이라도 내가 자신의 사진을 기억하길 바랐다면 그것은 어떤 것보다 성공적이었다. 아무것도 없는 빈 벽 위에서 나는 비로소 그의 사진들이 보이기 시작했다. 프린터에서 막 뽑아낸 사진에서 나던 시큼한 잉크 냄새와 시간이 지나면서 왼쪽으로 조금씩 기울던 사진의 각도, 사진 속에 등장하는 얼룩, 사진을 붙이던 그의 뒷모습이.

"전시에 갈 거야. 함께 가줬으면 좋겠어."

벽에 붙어 있던 사진을 전부 떼어낸 날 그가 내게 말했다.

"내 부탁 들어줬으면 좋겠어."

성주와 함께 그의 전시에 간 적은 없었다. 바쁘기도 했고, 내 쪽에서 피한 일이기도 했다. 이틀 후 그는 밀워키로 가는 델타 비행기 티켓 두 장을 내밀었다.

"왕복 티켓이 아니야. 돌아오는 날은 당신이 정하면 돼."

그가 내 손 위에 티켓을 올려놓으며 말했다.

"창가 자리야, 마리."

사진을 찍는다는 이유로 그가 늘 창가에 앉았다. 양보의 의미가 아니었지만 그는 그 일을 늘 미안해했다. 그때마다 보상 같은 어떤 행위들이 이어졌다. 잦은 포옹, 명랑한 입맞춤, 밤이면 한결 더 다정해지는 잠자리……. 어떤 면에서 나는 성주의 죄책감을 좋아하기까지 했다.

집에서 라과디아 공항까지 가는 택시 안에서 성주는 새로 입주하게 될 스튜디오 얘기를 꺼냈다. 그는 곧 부쉬윅으로 옮길 계획이라고 했다. 좋은 선택 같았다. 그는 덤보 근처에 여러 명의 작가들이 함께 거주하며 쓰는 레지던스형 건물 얘기도 했다.

"전시 오프닝은 내일이야. 여기에서 2시간 정도 차를 타고 미시건 호수를 건너가야 해."

공항과 연결된 렌터카 회사의 안내 데스크까지 그와 함께 걸어갔다. 햇볕이 거의 들어오지 않는 지상 주차장에는 여러 종류의 차들이 일렬로 서 있었다. 렌터카 직원이 막 서류에 사인한 차를 끌고 나왔다. 수동 기어가 달린 빨간색 BMW 해치백이었다.

성주가 운전하는 차 조수석에서 나는 렌터카 회사 직원이 건네주었던 지도를 살폈다. 침묵은 이제 내게 고통스러운 일이 아니었다. 창문을 조금 열자 바람이 불어왔다. 숲 뒤에 펼쳐져 있을 미시건 호수에서 불어오는 바람일 것이다. 물빛이 일렁이는 호수 위 바람들을 상상했다. 얼굴이 곧 얼얼해졌지만 머리는 맑아졌다. 바람 소리를 따라 음악 소리가 잘게 부서져 바깥으로 흘러나갔다.

2시간을 달려 도착한 세보이건은 작은 마을이었다.

오후 3시의 거리는 한산했다. 에드워드 호퍼의 〈일요일 이른 아침〉에서 보았던 가로가 긴 건물들이 길 위를 단정하게 분류하고 있었다. 사람이 지나다니지 않아 꼭 영화 속 정지화면 같은 그곳을 나는 잠시 바라봤다. 뉴욕이라면 쉽게 상상할 수 없는 기이한 빈 공간들이 마을 여기저기에 섞여 있었다.

우리는 시내처럼 보이는 어딘가에 차를 세웠다. 주차구역은 거리에 널려 있었으며, 요금 또한 맨해튼에 비해 거저나 다름없었다. 들어보지 못한 이름의 걸어본 적 없는 길을 성주와 별 목적 없이 걸었다. 건물 끝에 달린 파란색 깃발이 바람에 나부낄 때마다, 길 위에 새겨진 그림자가 함께 흔들렸다. 우리는 마을 주위를 걷다가 인도인이 운영하는 작은 이발소와 미스터리 소설 전문 서점을 발견했다. 조금 더 걷자 몇 개의 식당과 카페가 나왔다.

성주는 그 길에서 노래하는 남자를 발견했다. 남자는 구멍 난 벙거지를 쓰고 벽에 기대앉아 기타를 치고 있었다. 그는 자기 흥에 겨워 노래를 부르다가 돌연 노래를 멈추고 양상추가 말라붙은 샌드위치를 반 이상 먹어치우기도 했다. 어찌나 건들대며 노래하는지 자신의 소파에 앉아 혼자 연습하고 있는 것처럼 보였다. 하지만 노래 실력만큼은 대단했다.

"저런 사람이 왜 저기에서 노래하고 있지?"

시골 마을이 아니라 맨해튼 브라이언 파크에서 저렇게 노래했다면 지나가던 음반업자의 눈에 띄었을지 모를 목소리였다. 야망 없는 남자의 태평한 노래는 나른한 이곳의 길들과 꽤 잘 어울렸다.

"이 마을은 초기 독일인이 정착한 곳이래. 도서관이 세 개 있네. 책을 한꺼번에 100권이나 빌려주는 곳도 있어."

"100권?"

성주가 고개를 끄덕였다.

"책을 100권씩 빌려 가는 사람이 있을까?"

"의학 논문을 쓴다거나."

"불면증이 있다거나."

"밤이 길 테니까, 이런 곳은."

우리는 처음 유니언스퀘어 광장을 걸었을 때처럼 마을 여기저기를 걸었다. 성주는 대화가 중단되면 곤란한 일이라도 생길 것처럼 이 마을에 대한 정보를 쉬지 않고 얘기했다. 그는 내게 필요 이상 신경 쓰고 있었다. 하지만 성주의 마음을 편하게 해주기 위해 내가 할 수 있는 건 없었다.

"여기에 들어가보자."

미리 봐둔 일식당에서 유부우동과 야끼소바로 간단히 저녁을 먹고 밴드가 공연한다는 카페에 들어갔다. 비틀스 노래만 연주한다는 그 밴드의 이름은 '서전트 페퍼스 론리 하트 클럽 밴드'였다. 성주가 커다란 BLT 샌드위치와 커피 두 잔을 시켰다. 그는 말없이 물 주전자가 놓여 있는 테이블 위에서 여분의 커피잔 하나를 가져왔다. 나는 그가 커피를 반으로 나누는 모습을 바라봤다.

"반만 마셔. 다 마시면 잠자기 힘들 거야."

나는 커피 때문에 만성적인 수면 부족에 시달렸다. 하지만 매번 커피를 끊는 데 실패했다. 억지로 잠을 참아가며 공부했던 컬럼비아 시절의 버릇 때문이었다. 고등학생 때부터 나는 줄곧 잠과 싸우다가 결국 잠을 포기했다. 그리고 잠은 떠나간 연인처럼 다시는 나를 찾아오지 않았다.

"수면제는 특히 카페인과 상극이야."

나는 커피잔을 내려놓는 성주의 손등을 바라봤다. 손등 위에는 언젠가 내 손톱에 깊게 긁힌 상처가 보였다. 나는 그의 자리에 나란히 놓인 두 개의 커피잔을 바라보았다.

사람은 둘, 커피잔은 셋인 익숙한 테이블.

관계가 이미 끝장났다는 걸 안다 해도 이런 순간의 기시감을 견디지 못하면 사람들은 영원히 이별을 반복할 것이다. 이별의 이별, 그 이별의 이별은 영원처럼 이어질 것이다. 그 속에 깃든 향수를 떨쳐내지 못한다면 상실은 삶의 조건을 뒤바꿔놓을 것이다.

평생 열쇠가 없어 문을 열지 못하는 악몽을 꾸던 여자가, 평생 어떤 문의 열쇠인지 알 수 없는 열쇠만 쥐고 있는 악몽을 꾸던 남자와 만나면 벌어지게 되는 일들을 우리는 한동안 함께 겪었다. 그렇다고 생각했다.

"전시 오프닝은 내일 6시야. 난 미리 가보려고 해. 큐레이터를 만나서 할 얘기도 좀 있고."

성주가 반만 채운 커피잔을 내 앞에 내밀었다.

"근처에 당신이 가볼 만한 곳이 있을까 해서 찾아봤는데 콜러 안드레 주립공원 평점이 아주 좋아. 텔레토비 동산처럼 꾸며놓은 언덕이 있나 봐. 사진 보여줄게."

"그럴 필요 없어."

"그래? 생각해놓은 곳이 있어?"

"아니. 전시에 가려고 해."

나는 커피를 마시며 무심히 말했다.

"근처에 다른 전시가 있어?"

"아니. 네 전시 보려고."

"같이 가자고?"

나는 천천히 고개를 끄덕였다. 성주가 무엇을 상상하든 그가 생각하는 이유는 아니었다. 물론 그가 이유를 묻는다고 해도 대답할 생각은 없었다.

"이 카페 재밌네. 하늘에 달린 자전거도."

나는 카페 천장에 걸린 자전거와 수레바퀴를 바라봤다.

"그러네. 커피값도 싸고."

"양도 많아. 위스콘신에서 지내다간 뚱뚱해지는 건 시간문제겠어."

나는 성주를 바라보며 웃었다. 성주와 살면서 죽을 것처럼 숨이 막히던 순간에 나는 담담함을 연기해야 하는 전문 배우라고 생각하곤 했다. 우리는 행복을 연기하는 부부처럼 앉아 있었지만 그것이 딱히 불행하다고 느끼진 않았다.

"당신과 조용히 얘기하고 싶었어. 듣지 않아도 상관없어.

하지만 꼭 말하고 싶었어."

성주가 나를 바라봤다. 그의 입술이 닿았던 하얀 잔에 희미한 커피 자국이 지문처럼 찍혀 있었다.

"당신을 사랑하지 않아서 생긴 일이 아니야. 믿든 믿지 않든 상관없어. 하지만 이건 내 진심이니까."

나는 대답 없이 성주의 이야기를 들었다.

그와 헤어지고 싶지 않아서 내가 저질렀던 그 모든 일이 떠올랐다. 그것은 내게 개별적인 어떤 사건이라기보다 거대한 고통의 검은색 덩어리 같았다. 그런 기억을 안고 누군가와 살아간다는 건 불가능했다.

"뉴욕에 처음 왔을 때, 나는 정말 가난했어. 내가 살던 집은 다섯 명의 유학생들이 함께 나눠 쓰는 곳이었는데 오분의 일씩 공간을 나누고 나면 사실상 관에 가까웠어. 게다가 나는 좁은 거실에서 살았고, 그마저도 둘로 나눠 썼기 때문에 커튼 뒤로 털북숭이 발등이 튀어나오는 걸 보는 게 일상이었지. 되도록 집에 늦게 들어가려고 노력했어. 이상하게 잠을 자려고 누우면 벽장에서 쥐가 뛰어다니는 소리가 들렸어. 벽과 벽 사이 틈에 낀 건지 줄기차게 쥐가 울어댔는데, 어느 날엔가 정말 미쳐버릴 것 같더군. 주인에게 욕을 먹든 말든 일단 벽을 뜯어내야겠다고 생각할 정도였어. 심지어 공구상에서 망치랑

드릴을 사기도 했어. 그런데 어느 순간부터 그 소리가 들리지 않는 거야. 벽 사이에 어딘가에 끼어 쥐가 죽어버린 거라고 생각했지. 재밌는 건 그렇게 생각하자마자 집에서 이상한 악취가 나기 시작했어. 뭔가 썩는 냄새 말이야."

성주는 잠시 말을 멈췄다.

"그 집을 떠나기 전날, 룸메이트에게 그 얘길 했었어. 그랬더니 그 친구가 그러는 거야. 쥐? 쥐 소리가 들렸다고? 난 한 번도 들어본 적 없는데?"

성주가 나를 바라봤다.

"내가 환청을 들은 건가? 쥐 같은 건 애초에 없었던 걸까? 그럼 그 썩어가는 냄새는 뭐였지? 요즘 그때 일이 자주 생각나."

성주가 말을 멈추고 나를 바라봤다.

"역시 그때 벽을 뜯어봐야 했단 생각이 들어. 내가 꿈을 꾼 건지 현실을 본 건지. 왜 이렇게까지 됐을까 자주 생각해. 당신을 상처 입히고 싶은 마음은 정말 없었어. 미안해. 미안하다는 말로 이 미안함을 넘기고 싶진 않았어."

나는 그저 그가 건네준 커피를 마셨다. 절반만 마시겠다고 결심한 커피는 이미 다 마셔버린 후였다. 그는 이전까지의 침묵을 보상이라도 하듯 계속 말을 이어갔다. 그의 이야기는 대체로 일관성이 없었고, 그중에는 옛 여자 친구가 우울증 때문에 자살을 시도했던 이야기도 있었다. 상관없었다. 관광객이라곤 하나 없는 시골 마을의 밤은 길고 어차피 잠은 오지 않을 테니까.

그날 밤 성주는 책을 읽고 있던 내 곁에 다가왔다. 그는 나를 끌어안았다. 사정은 깊고 격렬했다. 그는 신음 소리 없이 한 번 더 거칠게 내 몸 안에 사정했다. 그것이 그와 나의 마지막 섹스였다.

눈물은 나지 않았다.

내 안의 물은 오래전, 그가 전부 마셔버렸다. 대신 커튼을 열었다. 멀리 바다같이 거대한 미시간호가 보였다. 성주는 미시간호가 세계에서 다섯 번째로 큰 호수라고 했다. 나는 달리는 차 안에서 달려도 달려도 끝이 보이지 않는 호수의 넓이를 가늠했다. 넓이도 깊이도 헤아릴 수 없으니 제아무리 큰비가 내려도 저 호수의 밑바닥까진 이르지 못할 것이다.

무릎의 멍 자국을 바라보았다.

격렬한 사랑의 흔적이었다. 햇볕이 사라진 호수의 물빛은 무릎에 난 멍처럼 푸른빛이었다. 나는 오랫동안 서서 호텔 뒤 미시간호의 표면을 바라봤다.

다시는,

성주가 그녀를 처음 안았던 이곳에 오는 일은 없을 거라고 생각하면서.

30

한 달간 서블렛을 주었던 집으로 돌아왔을 때 나는 혼자였다.

바퀴가 고장 난 트렁크를 끌고 3층 집까지 혼자 걸어 올라왔다. 문을 열고 방 안에 들어섰을 때 창밖으로 조금씩 눈이 날리기 시작했다. 눈을 바라보다가 창문을 조금 열어 오른쪽 손바닥을 펼쳤다. 눈은 금세 손바닥 위에서 녹아 물처럼 흘러내렸다. 차갑단 생각은 들지 않았다.

방금 전까지 누군가 머물다 간 것처럼 집 안에 찬 기운이 없었다. 집주인 주세페는 내가 없는 동안에도 계속 히터를 틀어놓은 모양이었다. 나는 창문을 활짝 열고 환기를 시켰다.

옷장 문을 열어 트렁크를 집어넣고 침실 쪽으로 걸어갔다. 한 번도 보지 못한 스웨터가 있었다. 누가 봐도 크리스마스 선물처럼 보이는 그 스웨터는 푸른색 벨벳 리본에 묶인 채 침대 위에 가지런히 포개져 놓여 있었다. 이 스웨터는 뭘까. 자막 없는 외국 영화처럼 나는 스웨터에 묶인 푸른색 리본을 바라봤다.

9시간을 쉬지 않고 운전한 탓에 어깨와 허리가 아팠다. 침대 위 스웨터를 옮길 기운조차 없었다. 나는 스웨터가 놓인 자리 옆에 비스듬히 누웠다. 성주가 없는 집 안은 고요했다. 정적을 깨듯 가만히 팔을 뻗자 스웨터의 팔 부분이 손끝에 만져졌다. 나는 누군가의 손을 잡듯 스웨터의 팔 끝을 붙잡았다. 따뜻한 팔이 손끝에 와 닿았다. 이유를 알 수 없지만 비로소 내가 집으로 돌아온 탕아처럼 느껴졌다.

어느새 집 안이 어두워져 있었다. 피곤할 때도 나오지 않던 하품이 연달아 나왔다. 점점 더 진하고 무거운 어둠이 몸을 짓누르듯 밀려왔다. 나는 눈을 감았다. 눈을 떴을 땐 희미하게 방문 밑으로 빛이 고여 있었다. 그 빛을 보다가 눈을 감았고, 다시 서너 번의 어둠이 더 찾아왔다.

몽롱한 상태에서 새해가 밝아오고 있다고 생각했다.

냉장고에서 우유를 꺼내 마셨다. 다 마시고 나서야 내가 사놓은 적 없는 우유라는 걸 깨달았다. 창문 밖에서 폭죽이 터지는 듯한 소리가 연속으로 들려왔다. 나는 창밖의 소리로 시간을 가늠했다. 고통이 아닌 기쁨 때문에 터져 나오는 비명소리, 폭죽 소리, 경쾌하게 움직이는 차들의 클랙슨 소리와 지나가는 바람 소리…….

다시 침대로 돌아갔을 때 많은 기억이 내 안에서 흘러나와 침대 위에 가라앉았다. 이 년 전 그날처럼 왼쪽 가슴에 이상한 통증이 느껴졌다. 이마와 겨드랑이 사이로 식은땀이 고였다. 오한이 나듯 몸이 떨렸다. 주세페는 언제나 필요 이상으로 히터를 돌렸다. 이 집에 사는 동안 겨울을 춥게 났던 기억은 없었다. 나는 다시 잠들었고 꿈을 꿨다. 기억나지 않는 꿈이었다. 하지만 무의식적으로 왼쪽 손을 뻗어 끝없이 성주의 부재를 확인했다. 그때마다 침대 위에 놓여 있던 스웨터가 만져졌다.

잠에서 깨어난 건 1월 2일이었다.

해가 바뀌는 동안 나는 동면기의 짐승처럼 해와 달을 꽝꽝 얼린 채 누워 있었다. 꿈속에서 나는 빙벽이 가득한 냉동고에서 있었다. 손과 발이 아플 때마다, 발꿈치를 들고 손을 뻗어 따뜻한 무엇을 움켜잡았다. 그제야 내 악몽 옆을 지키고 있던 것이 낯선 스웨터라는 걸 알아차렸다. 그 스웨터가 지난 몇 개월 동안 내가 뜨다 말다를 반복하던 것이란 사실을 깨닫던 아침, 나는 서블렛을 주었던 여자를 떠올렸다.

긴 여행을 결정하고 서블렛을 주기로 한 건 내가 아닌 성주의 고집이었다. 이민법 전문 변호사를 만나고 온 후, 그는 한결 불안정해 보였다. 나는 그에게 돈이 필요한 이유를 묻지 않았다.

냉장고 쪽으로 걸어가 생수 한 병을 꺼내 마셨다. 냉장고 안에는 한 달 전과 똑같은 개수의 브루클린 라거가 그대로 들어 있었다. 한 번도 아침에 맥주를 마시고 싶다고 생각한 적이 없었지만 생수를 마셔도 여전히 목이 말랐다. 나는 연달아 세 병의 브루클린 라거를 마셨다. 마지막 남은 맥주를 들고 나는 침대 쪽으로 걸어갔다.

침대 위에 가지런히 포개져 있던 스웨터를 집어 들었다. 자는 동안 잊고 있던 왼쪽 가슴의 통증 때문에 오른쪽 손을 왼쪽 가슴 위에 얹은 채 스웨터를 바라봤다. 그것은 지난 몇 달 동안 내가 손에 쥐었던 털실로 짠 겨울용 스웨터였다.

스웨터는 성주를 위해 뜨기 시작한 것이었다. 하지만 지금 내가 들고 있는 스웨터는 여성용이었다. 추측이 맞는다면 누군가 뜨고 있던 스웨터의 실을 풀어 새로운 스웨터로 다시 짠 것이 틀림없었다. 나는 스웨터를 들어 코끝에 가져다 댔다. 12월, 오후 2시의 햇볕 냄새가 났다.

스웨터는 한 달 전 서블렛을 신청했던 한국인 유학생이 뜨고 간 것이었다. 그녀가 아니라면 이 집에 들어올 사람은 없었다. 나는 다시 한번 그녀를 기억하기 위해 노력했다. 학교가 있는 브루클린으로 이사해야 하는데, 먼저 윌리엄스버그에서 한 달을 살아보고 싶다는 게 그녀가 서블렛을 구한 이유였다. 그녀가 무슨 공부를 하고, 어느 학교에 다니는지는 묻지 않았다. 쉽게 떠오르지 않던 그녀의 목소리를 생각했다. 예의 바르고, 수줍고, 희미한 느낌이었다. 하지만 서블렛을 주기 직전 보증금 때문에 잠시 머뭇대던 순간에도 그녀는 내 말을 경청하고 있었다. 누구도 집에 들이고 싶지 않았지만 어쩐지 그녀라면 안심이 되었다.

이정인.

그녀는 누군가를 안심시키는 사람 특유의 안정감이 있었다. 이름마저 그랬다. 나는 그녀의 이름을 기억해냈다.

정인. 나는 이름을 소리 내어 발음해보았다. 하지만 그녀가 스웨터를 뜨고 간 이유를 알 수는 없었다.

스웨터를 바라보다가 며칠 동안 입고 있던 옷을 천천히 벗었다. 셔츠를 벗은 후 스커트와 스타킹을 차례로 벗었다. 나체가 되자 몸에 한기가 올라왔다. 나는 옷을 벗은 채로 화장실 옆에 붙어 있는 거울 쪽으로 걸어갔다. 그리고 거울 속에 비친 내 몸을 바라봤다.

여자가 짠 스웨터를 입자 아무것도 입지 않은 하체가 더 선명하게 드러났다. 성기는 괴상해 보였고 허벅지와 엉덩이는 물기 없이 건조해 보였다. 체중계 옆에 서 있다가 천천히 그곳에 올라갔다. 42킬로그램. 체중계를 내려갔다가 다시 올라섰을 땐, 41.5킬로그램이었다. 3초 만에 사라진 0.5킬로그램의 몸무게가 사라진 영혼의 무게일지도 모른다고 생각했다.

한기가 느껴졌다. 걸어가 창문을 닫았다. 다시 거울 앞에 돌아왔을 때 몸에는 열은 소름이 돋아 있었다. 하지만 스웨터만 입고 아랫도리를 드러낸 채 서 있는 거울 속 여자는 기이하게 아름다웠다. 나는 처음 발레를 배웠을 때처럼 발등을 곧게 폈다. 거울 속의 뻗은 다리는 부드러운 곡선을 따라 흐르는 물 같았다. 그것은 곧 사라져버릴 풍경처럼 연약했고, 그래서 슬펐다. 거울 속의 그 여자가 나를 무표정하게 바라보고 있었다.

열정이 사라지고 난 후, 다시 찾아오는 사랑의 이야기에는 어떤 것들이 놓여 있을까. 그 끝이 결국 남자와 여자가 아닌 사람과 사람으로 만나는 일이 되는 걸까. 그것을 완성해낸 사람만이 가족이라는 관계를 만들 수 있는 걸까.

사랑하는 사람들의 이별은 사랑하지 않는다는 말 이외에 그 어떤 것도 이유가 되어선 안 된다. 그 이외의 것들은 그저 너무나 하찮은 변명일 수밖에 없기 때문에 다른 것으로 이별을 정당화할 순 없다.

사랑하지 않는단 말은 가슴 아프지만 죄가 될 수 없다. 다만 사랑하지 않는다는 말을 할 수 없어서 벌이는 희망 고문과 거짓말이 죄가 될 뿐이다. 최악은 더 이상 사랑하지 않는다는 말조차 하지 않고 사라지거나 떠나는 사람들이다.

성주에게 용서한다는 말은 할 수 없었다. 용서는 약한 사람들의 언어가 아니다. 그것은 강한 사람만이 할 수 있는 말이었다. 용서는 오직 하나님만이 하신다는 얘길 꺼낸 건 목사님이었다. 인간은 어떤 일을 해도 신으로부터 몇 번이고 용서받는 존재이기 때문에, 인간의 용서는 이미 신의 용서를 끌어안은 한 생명을 다만 인정해주는 것뿐이란 말이었다.

수없이 용서를 생각했다. 그래야 살 수 있을 것이라고 말하는 책을 읽었다. 하지만 나는 끝내 용서 비슷한 것조차 할 수 없었다. 성주에게 나는 한순간도 강한 사람이었던 적이 없었다. 나는 그에게 더 많이 주기 위해 태어난 사람이었고, 그는 내게서 더 받기 위해 태어난 존재였다. 주는 사랑을 하는 사람이 겪게 되는 고통과 고독은 어느 순간 내 삶의 조건이 되었다. 눈물조차 나지 않는 슬픔에 대해 나는 이제 제법 알게 되었다고 말할 수 있다.

하지만 성주 역시 언젠가 끝도 없이 주어야 하는 사랑을 하게 될 것이다. 그제야 그는 자신이 지금과는 전혀 다른 사랑을 하고 있다는 걸 알게 될 것이다. 많이 고독해진 어느 밤 그가 어둠 속에 앉아 문득 내 이름을 떠올린다면 우리는 처음으로 상실의 공동체 안에 함께 머물 것이다. 울음마저 축복이 되는 밤, 그는 끝내 눈물조차 흘릴 수 없는 슬픔이란 말의 의미를 깨닫게 될 것이다.

스웨터를 벗었다.
한기가 느껴졌다.
한 번도 낳아보지 못한 한 내 아이인 듯,
나는 스웨터를 끌어안았다.

31

몬탁행 기차에 탄 사람은 남자와 나 두 명뿐이었다.

곧 다른 자리를 찾아온 여자 한 명이 어느새 자리를 잡고 앉았다. 빈자리가 많은데도 사람들은 사방 1미터 안에 모여 있었다. 지금 외로워진 것일까, 아니면 지금까지 외로웠던 걸까. 움직이는 기차 안은 누구도 찾아오지 않는 고속도로 휴게소나 밤의 주유소만큼 외롭게 느껴졌다. 몬탁으로 향하는 기차가 막 자메이카 베이를 지나는 중이었다.

"《순수 박물관》. 저도 좋아하는 소설이에요."

두꺼운 책을 읽던 남자가 고개를 들어 나를 바라보며 말했다. 그는 내가 읽고 있던 책을 가리켰다.

"스웨터, 예쁘네요."

나는 말없이 고개를 끄덕였다. 남자는 미소로 응답했다. 침묵을 어색하게 생각하지 않는 사람 같았다. 그는 다시 자신의 책을 읽느라 열중했고 더 이상 내게 말을 걸지 않았다. 그런 일상적인 행위들이 고즈넉하게 느껴졌다.

달리는 기차 밖 2월의 나무들을 바라봤다. 창문 속엔 내 얼굴이, 한 번도 보지 못한 정인의 얼굴이 계속 겹쳐졌다. 그녀의 희미한 목소리를 흉내 내고 싶어 노래를 불렀다. 아무래도 그녀는 모르는 나만 아는 노래였다. 창밖으로 바람이 불었다. 2월의 차가운 바람이었지만 정인이 짜준 스웨터 덕분인지 춥지 않았다. 나는 스웨터 왼쪽 가슴 위에 가만히 손을 내려놓았다.

릴리와 맨해튼의 다니엘에서 저녁을 먹은 날, 집으로 돌아가 짧은 편지 두 통을 썼다. 그 편지에 재판에서 성주를 위해 얼마든지 증언해도 좋다고 말해두었다. 사직서가 동봉된 편지는 오전 9시 릴리에게 배달됐을 것이다. 이혼한 여자에겐 병가보다 사표가 더 어울렸다.

라이언에겐 예정보다 긴 여행을 떠나게 되어 결혼식에 참석할 수 없다고 말했다. 그리고 성주가 릴리의 초청으로 결혼식에 참여할 것이란 사실을 미리 알렸다.

몬탁에 도착하려면 2시간 정도가 더 남아 있었다.

울기엔
충분한 시간이었다.

3

수영

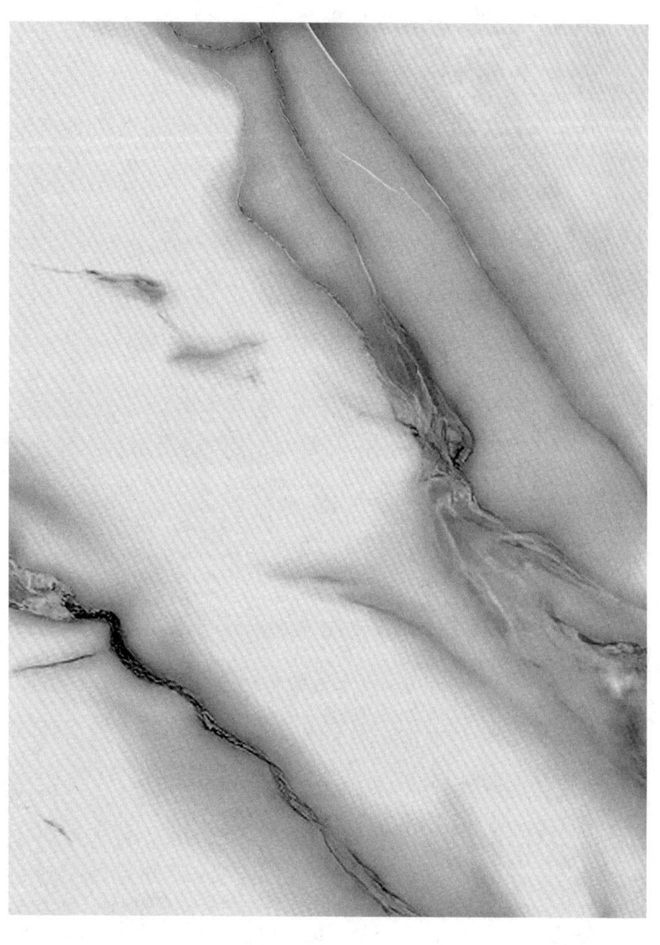

01

사진 속의 여자는 자궁 안 태아처럼 몸을 둥글게 구부리고 있었다.

그녀의 혀는 마치 보이지 않는 자신의 성기에 키스하듯 가볍게 맞닿아 있었다. 나는 동그란 여자의 목뼈와 등 사이에 돋아난 척추의 뼈를 헤아렸다. 가시 같은 뼈를 뚫고 날개라도 뻗어 나올 것 같았다. 그녀는 옷을 전부 벗은 채였다. 여자의 등 뒤로 'Bedford Nostrand AVS'라고 적힌 글자가 보였다.

"이 사진은 로케이션이 대단하네. 지하철역 한복판에서 어떻게 이런 사진 찍을 생각을 했을까? 경찰이 제지했을 텐데."

"난 그랜드센트럴에서 나체로 플래시 몹 하는 것도 본 적 있어. 뉴욕은 자유로운 곳이잖아. 너도 그랬고."

나는 동준을 바라봤다.

《뉴욕, 낭인》이란 제목이 붙은 사진 그룹전에는 다양한 작가들의 작품이 있었다. 카페를 겸하고 있는 홍대의 한 갤러리에서 그곳의 주인과 친분이 있는 몇몇 작가들의 작품이 전시 중이었다. 카페 주인 역시 뉴욕에서 디자인을 공부하다가 돌아온 유학생이었다.

외국에서 공부하고 돌아오면 견문이 넓어진다는 건 오히려 편견일지도 모른다. 대개의 경우 유학생들은 같은 유학생들끼리 사귀거나 결혼한다. 일본인은 일본인끼리, 베트남인은 베트남인끼리, 유대인은 유대인끼리 자신들이 만든 정체성의 영역 안에서 살아간다. 좁은 곳이니만큼 소문은 늘 무성하고 한국에서보다 행동을 조심하게 되는 일도 많다.

"낭인……. 낭만적으로 들리네. 하지만 이제 직업 없이 여기저기 떠도는 거, 어쩌다 중간에 끼어서 이러지도 저러지도 못하는 거 별로다. 너 경석이 알지? 비자 갱신 못 해서 불체자 됐잖아."

동준이 말했다.

"우린 운이 좋았던 거야. 실력 차이란 생각도 들지 않아. 경석이도 학교 다닐 땐 정말 뛰어난 애였어."

갤러리 안에는 나와 동준밖에 없었다. 나는 동준의 하얗게 센 귀밑머리를 바라봤다. 처음 뉴욕의 유학생 모임에서 만났을 때, 그는 유달리 눈이 반짝였고 술은 한 방울도 마실 줄 몰랐다. 매일 밤 와인 한두 병은 마셔야 잠이 든다는 지금의 그와는 상상할 수 없을 만큼 달랐다. 간절하게 원했던 영화 현장이 아니라 돌아가지 않겠다고 다짐했던 강단에서 현장을 성토하고 비판하는 교수가 된 것 역시.

나는 사진 속 여자의 등에 난 몇 개의 점을 바라봤다. 상상 속에서 그 점들을 선으로 잇기 시작했다. 하나의 점과 하나의 점을 잇고, 흩어진 몇 개의 점 사이를 통과하면 북두칠성 모양이 되었다. 자신의 몸이지만 누군가 말해주기 전까지 여자는 평생 모를 이야기일 것이다.

"자기 뒷모습을 볼 수 없다는 건 삶에 대한 은유 같아."

사진을 보며 내가 말했다.

"저렇게까지 몸이 유연해도 결국 뒷모습을 보는 건 불가능하니까. 그래서 사람은 평생 자기 뒷모습에 대해 말해줄 사람을 찾는 걸 거야."

"그 남자, 아직 널 좋아하는 것 같아."

동준이 사진을 바라보며 무심히 말을 꺼냈다.

"알아."

"이혼한 것도 알아?"

"응."

"역시 넌 모르는 게 없구나."

"이 사진 원래 제목, 이게 아니었어."

"사진 제목이 바뀐 건 또 어떻게 알고? 아는 작가야?"

나는 사진 속 여자를 바라보며 습관처럼 천천히 배를 쓰다듬었다. 몸은 행복하게 보냈던 한 시절을 고집스레 기억한다. 행복이 그만큼 드문 일이기 때문인지도 모른다. 일 년이 지났지만 내 자궁 속에는 17주 동안 태아가 있던 자리가 누구도 찾지 않는 폐허처럼 남아 있었다.

아이를 가졌다. 얼마 후 그 아이를 잃었지만.

내가 여기에 있으니 당신은 내 존재를 확인해야 한다고 끊임없이 말하고 토하게 만드는 친근한 타인이었다. 의사는 자궁 속 아이가 둘이라고 말했다. 여자와 남자. 이란성 쌍둥이. 나는 동시에 두 세계를 잃었다. 그 아이들이 자라며 내게 했을 두 배의 말과 두 배의 상처, 두 배의 기쁨과 슬픔……. 간절히 원하는 것을 가지지 못한 고통보다 어렵게 가진 것을 잃었을 때의 고통도 두 배였다.

"이혼한 게 아니야. 그 남자 이혼당한 거야."

"뭐?"

"원치 않아도 그런 소식은 저절로 알게 돼. 꼭 퍼져나가길 원하는 힘이 있는 것처럼. 얼마 전에 갤러리 오프닝에 갔다가 네가 이혼할 거란 소문도 들었어."

나는 동준을 바라봤다.

"걱정 마. 이미 이혼했다는 얘긴 비밀로 할게."

"고맙다고 말해야 하나?"

"미안하다고 말해야지. 어쨌든 나는 네 결혼식 들러리였으니까. 사실 난 동준이 너보단 네 와이프가 더 마음에 들었거든."

"그러고 보니 결혼식 피아노 반주도 네가 했었구나."

"그랬었나?"

"아니었나?"

동준이 피식, 웃었다.

사랑에 빠진 남자는 거짓말한다. 동준도 그랬을 것이다. 거짓말하면서도 거짓말이라고 자각하지 못한 채. 사랑에 빠진 남자는 비겁해진다. 죄의식도 자책감도 없는 그런 거짓말은 어찌나 순진한 얼굴을 띠는지 거짓말인 줄 빤히 아는 상대까지도 그 말을 믿고 싶게 만든다. 그러나 반지를 뺀 자리에는 자국이 남는다. 한 남자의 여자로 긴 결혼 생활을 유지해왔던 이들은 오래 끼고 있던 반지일수록 빼놓고 난 자리에 폐허가 생긴다는 걸 안다. 네 번째 손가락 사이에 고인 자리, 찾지 않는 유적지의 덤불같이 자라난 자리. 당신도, 나도, 언젠가 한 번쯤 보았거나 걸었던 그 자리…….

"뉴욕에 있을 때 그 남자 와이프를 만났어. 이름이…… 마리였어."

나는 실토하듯 말했다. 동준의 비밀을 발설했으니 나의 비밀도 공유해야 했다. 다른 사람에게 우연히 듣는 것보다 그 편이 안전했다.

"널 찾아온 거야?"

"찾아온 게 아니야. 날 찾아낸 거야."

찾아냈다는 말도 오래전 서로의 명함을 교환하며 마주친 적이 있었다는 점에서 정확하지 않았다. 어떤 의미에서 그녀는 나를 발견했다. 그녀가 나를 발견한 건 파탄의 책임을 물어야 하는 아내의 입장에서 합법적인 수순이었다. 그녀는 나를 상상력을 동원해 발명해낼 수도 있었다. 하지만 그러지 않았다. 우리는 서로에 대해 거의 알지 못했지만 어느 순간 말하지 않아도 어떤 일이 벌어지고 있는지 아는 사람들처럼 굴었다.

"남편을 사랑하나? 언제부터 만났나? 잤나? 이런 건 말조차 꺼내지 않았어. 아직까지 마지막 질문이 잊히지 않아. 뉴욕 같은 곳에서 몇 번 이혼하고 재혼하는 건 문제가 될 것 같지 않은 눈부신 미모였어. 어린 남자애에게 이용당하기에는 너무 예뻐서 실소가 나더군."

"너도 몇 명은 순식간에 갈아 치울 미모야."

"위로하는 거야?"

"내가 지금 누구를 위로할 처지는 아닌 것 같은데."

동준이 빤히 나를 바라보더니 웃었다.

남자는 여자를 모른다. 남자가 여자를 안다고 말하는 건 여자에 대한 환상을 믿는단 뜻이지 실체에 접근한 이야기는 아니다. 그때는 이렇게 말해야 한다.

남자는 여자를 바라본다.

보는 것이 아는 것은 아니다.

"내가 남자였다면 그 여자랑 자고 싶었을 거야. 저런 여자와 아이를 만든다면 어떨까, 바라보는 순간 그런 생각을 하게 만드는 사람이었어."

나는 사진 속 여자의 입술이 맞닿아 있는 쪽을 가리켰다. 저 안에서 사랑이 증폭하고 다른 세계가 흘러나온다. 저 안에서 사랑이 시작되고 이별이 완결된다. 사진 속 여자를 보면서 내가 언제 눈물을 흘렸는지 생각했다.

아이를 유산한 후 잃어버린 아이를 생각하지 않기 위해 묵묵히 몸을 움직였다. 지금 당장 하지 않으면 엉망이 되는 일들, 가령 식사 준비와 청소, 빨래, 공과금 처리와 매달 치러야 할 다양한 세금 문제를 처리했다. 강연을 준비하고 전시를 기획하고 작가들을 만나고 서울에서 날아온 교수 임용서를 검토하고 밤새 자기소개서의 첫 문장을 몇 번이고 고쳐 썼다. 아무리 시간을 써도 시간은 남아돌았다. 평생 부족하다고 느꼈던 시간이 내 주변에 흘러넘쳤다.

"당신, 지금 1시간째 꼼짝도 않고 이러는 거 알아?"

한밤중에 일어나 냉장고를 열어 머리를 냉동실 안에 집어넣었다. 자려고 누우면 몸 안에서 불덩어리 같은 게 돌아다니는 느낌이었다. 냉장고를 열고 서 있으면 냉기가 발등 밑까지 흘러 내려왔다. 몸 안의 슬픔을 얼리면 눈물도 얼지 않을까. 남편은 그런 나를 끌어안으며 몇 번이고 속삭였다.

"아이를 잃은 건 정말 슬픈 일이야. 나도 가슴이 미어진다고. 울고 싶으면 실컷 울어! 소리라도 질러! 사람이 왜 이렇게 독하니?"

아이가 아니야. 아이들이라고! 쌍둥이! 나는 속으로 몇 번이고 남편의 얘길 힐난하듯 수정했다. 나는 그 누구와도 싸우지 않았다. 아내의 유산 소식을 다른 여자의 침대에서 들었던 남편은 물론 나 자신과도 말이다. 내가 지금 싸우고 있는 건 오직 시간뿐이었다.

그때의 내게 하루는 24시간이 아니라 86,400초에 가까웠다. 일상적인 시간의 단위와 감촉이 전부 바뀌었다. 고산을 등반하는 산악인들이 쓴 글을 본 적이 있다. 높은 산을 오르거나 먼 강을 건널 때는 당장 내 발걸음 앞의 길과 내 호흡이 머무는 지점까지만 바라봐야 한다. 그것이 등반의 가장 중요한 원칙이다. 생각이 미리 산꼭대기나 강 저편 로지에까지 머물면 지금의 고통에 압도돼 한 발자국도 내디딜 수 없게 된다.

당장 내 눈앞의 걸음, 당장 이 한 발자국, 그것이 세계의 전부다.

인간은 숨을 쉬지 않고도 1분 이상을 견딜 수 있다고 한다. 그렇다면 1분 정도의 그리움과 괴로움은 참아낼 수 있을 것이다. 나는 새로운 언어를 배우는 사람처럼 숨을 쉬지 않고 1분 동안 잃어버린 쌍둥이에 대한 상념과 싸웠다. 1분을 참아내면 1분이 사라졌다는 안도감에 2분을 더 참을 수 있었다. 1분은 10분이 되고 10분은 1시간이 되었다. 나는 1시간을 참고, 곧 1시간 10분을 더 참고 견디는 법을 터득했다.

시간이 많은 걸 무디게 할 거란 희망. 자살이라는 유일한 희망이 있으므로 아직 견딜 만하다고 되뇌었다. 절망이나 고통도 내 몸처럼 낡아갈 것이다. 늙고, 병들어, 마침내 죽어버릴 것이다.

아이들을 잃은 여자가
남편을 잃은 여자에게
남편을 잃은 여자가
아이들을 잃은 여자에게
서로가 서로에게
해줄 수 있는 말은 무엇일까.
나는 마리에게 아무 말도 할 수 없었다.

"이 사진 원래 제목이 뭐였냐고 계속 묻고 있잖아."

동준이 나를 바라봤다.

"넋 나간 사람처럼 무슨 생각을 그렇게 해?"

갤러리에는 몇 명의 사람이 흩어져 사진을 보고 있었다. 유독 키가 큰 여자 한 명이 내 옆에 서서 사진을 바라보고 있었다.

"〈중력〉이었어."

"〈중력〉?"

"저 사진 원래 제목 말이야. 내가 붙였거든."

나는 성주의 사진을 바라보았다.

사진의 제목은 〈중력〉에서 내 이름 〈수영洙暎〉으로 바뀌어 있었다.

02

십이 년 만에 뉴욕에서 서울로 돌아왔을 때 안도감과 함께 허망함이 밀려왔다. 서울의 대학에 자리를 잡았으므로 보기에 따라선 금의환향이었다. 그러나 어떤 성공은 실패에 가깝다. 이제 실패를 조금 더 예민하게 다룰 수 있다는 점에서 나는 이미 청춘을 지나왔다. 이제 나는 누군가의 성공담에 순수하게 어떤 관심도 생기지 않았다.

'실패한 예술가들'은 서울로 돌아오기 직전 NYU에서 진행했던 토론의 한 주제이기도 했다. 강의를 듣는 사람들 대부분이 비주얼 아티스트라는 걸 알았을 때, 나는 그들에게 실질적으로 도움이 되는 얘길 하고 싶었다. 성공만큼 예술과 거리가 먼 단어도 없었다.

"성공과 실패라는 말은 과정의 모든 행간을 지워버려요. 대신 이 단어를 좀 더 예민하게 다뤄보도록 하죠. 성공처럼 보이는 실패와 실패처럼 보이는 성공. 예술은 성공처럼 보이는 실패, 즉 사람들은 성공이라 말하지만 스스로 평가할 때는 실패인 상황을 어떻게 다룰 것이냐의 문제로 귀결됩니다. 매번 성공만 하는 것처럼 보이는 예술가들이 있어요. 왜 그럴까?"

나는 잠시 말을 멈춘 채 사람들의 얼굴 하나하나에 눈을 맞추었다. 열정적이고 호기심 많은 학생들이었다. 이런 강의의 가장 좋은 점은 언제든 난상 토론이 이어진다는 것이었다.

"'성공처럼 보이는 실패'를 적절히 다루고 평가할 줄 알기 때문이에요. 이런 선순환 구조는 한 사람의 삶을 장인의 경지로 끌어올립니다. 예술에 성공 매뉴얼은 없어요. 있다면 오직 실패 매뉴얼뿐이죠. 제가 정의하는 예술가는 매일 실패하는 사람입니다."

육 개월 과정의 프로그램 중반부를 지나 본격적으로 실패라는 주제에 접근해 다양한 사례를 말하기 전, 나는 언젠가 적어두었던 토마스 울프의 말을 인용했다.

"토머스 울프는 예술가란 결국 스스로 지핀 불에 데어본 사람이라고 말했어요. 자기 안에서 타오른 욕망과 열기에 스스로 소진되고 그 화염이 삶 전체를 물어뜯은 듯 지나간 뒤에야 비로소 '내가 작가가 되어버렸구나' 하고 깨닫게 된다고. 그 불은 한번 붙으면 쉽게 사라지지 않고, 세상 어떤 것도 그 빛을 끌 수 없다고 독백하죠. 죽을 때까지 그 빛에 끌려가듯 살아가야만 하는 운명이 예술가에게는 있다고."

내가 울프 얘기를 끝마치기도 전에 언제나 맨 뒷자리에 말없이 앉아 있던 한 학생이 손을 들었다.

"실패가 작가의 운명이라는 겁니까? 실패하기 위해서 일부러 더 큰 상처를 받아야 된다는 거예요? 불행이 인간에게 글을 쓰게 하고, 사진을 찍게 하고, 그림을 그리게 만드는 겁니까? 행복하면 예술가는 망하는 거예요? 필연적인 실패를 과정이 아니라 결과로 인정해야 한다는 겁니까? 실패가 운명이고, 성공을 혐오하는 게 예술가라면 예술적 성공은 어떻게 정의해야 하는 거예요? 그것 자체가 모순 아닌가요?"

그는 거의 숨도 쉬지 않고 질문을 쏟아놓았다. 연쇄적인 의문들이 그를 붙잡고 놓아주지 않는 듯했다. 석 달 동안 그는 어떤 질문도 하지 않았다. 그 누구와도 말하지 않던 눈빛은 강렬했다. 그 순간 나는 그에게 스스로를 통찰할 수 있는 기회를 줘야 한다고 확신했다.

"어떤 답을 원해요?"

내겐 두 가지 답이 있었다. 하나의 질문에 두 개의 전혀 다른 답이 있다는 말의 뜻은 내게 이런 것이다.

당신은 진실을 알기에 너무 어리거나 어리석다는 것.

그와 감정적으로 싸우길 원했던 건 아니었다. 다분히 의도적인 내 질문은 그를 도발했다. 그는 예상대로 사진 품평이 끝난 후 나를 찾아왔다. 아직 하지 못한 질문이 남아 있는 얼굴이었다.

"뉴욕에 몇 년이나 있었죠?"

"사 년이요."

"어때요? 이곳에서 성공할 것 같아요?"

"물론이죠!"

그는 이제 눈길을 피하지 않는 게 유일한 대안인 것처럼 내 눈을 바라봤다. 이제껏 보였던 수줍음이 증발하고 남은 자리에 짙은 그림자가 드리워져 있었다. 나는 블라인드 사이를 뚫고 들어오는 강렬한 햇빛이 그의 얼굴에 긋는 사선을 바라봤다. 햇볕 속에 생긴 그림자는 그의 얼굴을 절단해 내 앞에 펼쳐놓았다.

"성공할 겁니다. 저는 진화하고 있어요. 개인전도 곧 열고……."

"이름이 뭐였죠?"

"성주."

그는 내게 자신의 명함을 내밀었다.

"조성주예요."

그날 명함에 적힌 웹사이트에 들어갔다.

그의 작가 페이지에는 여러 개의 사진 카테고리가 있었다. 인상적인 건 사진보다 이력이었다. 그곳에는 자신이 참가한 포토 페스티벌의 이름이나 작품이 실린 잡지와 전시의 이름들이 빼곡하게 나열되어 있었다. 졸업한 학교, 진행했던 아티스트 토크와 전시, 연도별로 정리된 또 다른 그룹 전시와 수상 경력, 몇 주간 머물렀던 레지던스 프로그램들까지. 나는 잠시 그의 사진이 실린 인터넷 기사와 블로그의 긴 목록을 바라봤다.

그 한없이 긴 목록들은 불안했던 과거의 내 모습을 닮아 있었다. 또한 예견된 실패를 앞둔 많은 예술가들의 초상이기도 했다. 지나치게 자신감을 보이는 것도, 경력을 과시하는 것도, 진화하고 있다고 주문을 외우는 것도 두렵기 때문이다.

우리는 자신의 두려움과 취약성을 감추기 위해 각자의 갑옷을 입는다. 누군가에게 그 갑옷은 수없이 많은 전시 목록일 수도, 수없이 써낸 책일 수도, 직함이 다른 여러 개의 명함일 수도 있다. 나는 컴퓨터의 모니터를 껐다. 긴 목록들 사이로 그의 사진들이 그림자처럼 흘러가듯 펼쳐졌다.

내 갑옷은 무엇이었을까.

잠이 오지 않았다.

03

"결혼이 뭐라고 생각해요?"

원망도, 의심도, 슬픔도, 희망도 없는 그 얼굴이 나를 바라봤다.

그것은 그저 알고 싶은 얼굴이었다. 성주의 아내는 자신이 찾지 못한 답을 남편이 사랑한다고 믿는 내게서 구하고 있었다. 비난도 힐난도 아니었다. 자조도 아니었고 공허함으로 내뱉는 탄식도 아니었다. 그녀의 목소리는 절망 끝에 가본 사람의 수화처럼 손끝과 눈 속에 가득 차 있었다.

결혼이나 섹스처럼 누군가와 함께 행복해져야 하는 어려움에 비하면 누군가의 슬픔을 함께 나누는 일은 차라리 쉽다.

그것이 인간의 본성과 더 잘 맞기 때문이다. 나는 그녀의 손을 잡았다. '잡고 말았다'고 말하는 편이 정확했다. 다만 손을 붙잡는 그 순간, 담담한 얼굴과 달리 그녀의 손이 엄청나게 떨리고 있다는 걸 알아챘다. 그 손은 놀라울 정도로 따뜻해서 누군가 금방 흘린 눈물 같았다.

남편은 학생 때부터 머리가 비상한 매력적인 남자였다. 나는 여러 명의 여자들이 한때 간절히 원했던 남자가 선택한 운 좋은 여자였다. 몇 번의 이혼 위기가 있긴 했지만 결혼 생활을 시작한 지 십 년이 넘어섰고 함께한 지 십오 년째였다. 한 남자와 살아가는 일에 대해 나는 성주의 아내보다 조금 더 알고 있었다.

"이름이 뭐죠?"

나는 그녀의 이름을 물었다.

"장마리."

그녀 쪽에선 이미 내 이름과 나이, 경력의 대부분을 알고 있었다. 성주의 별명이 미스터 섀도인 것도 그 별명을 내가 붙였다는 것도 알고 있을 것이다. 묻지 않아도 그런 것쯤은 한눈에 알 수 있었다. 하지만 내가 마리에 대해 아는 건 전무했다. 누가 봐도 공정한 게임이 아니었다.

나는 어디에서부터 어떻게 무엇에 대해 설명해야 할지 혼란스러웠다. 그녀에게 조금의 악의도 없다는 점에서, 다른 상황이었다면 틀림없이 호의를 느낄 만한 사람이었다는 점에서 이 모든 상황이 당혹스러웠다. 결국 나는 침묵을 선택할 수밖에 없었다. 어떤 말을 해도 그것이 불필요한 오해를 낳을 것이라고 생각했다. 그러나 그날 밤, 집으로 돌아가 침대에 누웠을 때, 나는 내가 마리에게 해야만 했던 말을 결국 기억해냈다.

"결혼이란 건 말하자면 앞으로 저 사람이 네게 한 번도 상상해본 적 없는 온갖 고통을 주게 될 텐데, 그 사람이 주는 다양한 고통과 상처를 네가 참아낼 수 있는지, 그런 고통을 참아낼 정도의 가치가 있는 사람인지를 스스로 판단하고 결정하는 일이 될 거야. 살아가는 동안 상처는 누구도 피해갈 수 없어. 하지만 누가 주는 상처를 견딜 것인가는 최소한 네가 선택할 수 있어야 하고, 선택해야만 해. 그러니까 이 남자가 주는 고통이라면 견디겠다고 생각하는 사람과 결혼해. 그러면 최소한 덜 불행할 거야. 결국 내가 할 수 있는 가장 정직한 말은, 정말로 사랑하지 않는 남자라면 때때로 견디는 일은 상상보다 훨씬 더 힘든 일이 될 거란 얘기야."

그것은 육 년 전 내가 했던 말이었다. 결혼을 일주일 앞둔 신부에게 하기엔 서늘한 말이었지만 그 말을 들은 후배가 또

렷이 기억했기 때문에 몇 번이고 내게 되돌아왔던 말이기도 했다.

나는 마리의 얼굴을 떠올렸다.

얼굴을 잘 기억하는 편에 속했지만 어쩐지 그녀의 얼굴은 아름답다는 잔상밖에는 남아 있지 않았다. 내가 한 말 역시 그랬다.

나는 매번 이 말을 잊었다. 어쩌면 안다고 생각하는 것과 실제 아는 건 별개의 문제이기 때문인지도 모른다. 사람은 안다고 믿었던 걸 어느 순간 이미 잊는다. 읽었던 책을 한 번도 읽지 않았다고 착각한 채 다시 읽거나, 본 영화를 처음 보는 영화처럼 한 번 더 보는 일은 그렇게 일어난다. 모든 것이 좋고 모든 것이 나쁜 세계는 존재하지 않는다는 전제하에 망각의 저주라고 불러 마땅하지만, 망각의 축복이라 불러도 좋을 일은 수시로 일어난다. 그러므로 우리는 매번 그렇게 다시 한 번 배워야 한다. 주고 나서 한 번 더 줄 수 있어야 주는 것이다. 용서하고 한 번 더 용서할 수 있을 때라야 그것이 용서다.

그러니까 내가 남편의 외도를 용서했다는 말은 어폐가 있었다. 그의 외도를 한 번 더 용서했다는 사실을 받아들이고 나서야 나는 용서의 의미를 이해할 수 있었다. 그의 불륜은 더 이상 나의 문제가 아니었다. '우리'에서 '나'와 '너'를 분리

시키는 것에 성공한 후, 나는 비로소 누구도 침범하지 못할 기이한 무풍지대를 얻었다. 바람이 불지 않는 곳. 시원하지도 차갑지도 않은 곳. 구름도 나무도 어떤 것도 움직이지 않는 곳. 폐허인 곳. 그러나 내가 끝내 지켜낸 영토라는 점에서 그 자체가 위안으로 남아 있는 곳.

나는 다른 여자와 자고 싶어 했던 한 남자를 희망이나 위악 없이 받아들였다. 어느 순간엔 다른 남자와 자고 싶어 했던 내 욕망을 이해받기 위해서라고 주장하고 싶기도 했다. 다만 나는 외도가 인간의 충동 때문에 생기는 한계라는 사실을 스스로에게 분명히 해두고 싶었을 뿐이다. 누구도 곁에 없기 때문에 오랜 시간 외로웠던 여자에게, 누군가 옆에 있기 때문에 더 외로워질 수 있다는 사실을 쉽게 설명할 수 없듯 개별적 인간의 행동은 언제나 상상 저 건너편에 있다.

"타지 생활이 외로우면 아이를 가져보는 건 어때? 한번 고민해봐."

저녁을 먹다 말고 남편이 나를 바라보며 말했다.

그는 영하 20도까지 내려가는 한겨울에도 차가운 물로 샤워했다. 그는 결벽스러울 만큼 자신의 기준에 맞춰 타인과 일정한 거리를 유지하곤 했다. 예의 바르고 친절하지만 가까워지면 이미 저 멀리 달아나 있었다.

사랑이 없어서가 아니었다. 그의 사랑은 언제나 내 것보다 낮아서 15도쯤으로 유지되고 있었다. 그게 남편의 말투였고 내가 평생 감당해야 할 사랑의 형식이었다.

"슈퍼에 나갈 건데 뭐 필요한 거 없어? 오는 길에 푸딩 사다 줄까?"

남편의 진심을 모르는 게 아니었다. 다만 진심을 전달하는 저 무심함이 뜨거운 내겐 너무 차가워 온몸을 얼어붙게 만들 뿐이다. 오랜 세월 그와 함께하면서 나도 모르게 그의 체온에 전염되고 있었다. 무섭게 파고들던 외로움 때문에 나는 사라지려고 하는 나 자신을 붙들어두기 위한 피난처가 필요했다. 그것이 어쩌면 내게 강박적인 유쾌함과 웃음이었는지도 모른다.

"아니야."

"아니라고?"

"필요한 거 없어."

나는 고개를 저었다.

피임을 하지 않은 지 삼 년째였다.

그는 내가 이미 임신을 시도했고, 여러 차례 실패했다는 걸 눈치채지 못했다.

04

인간은 각자의 사랑을 할 뿐이다.

나는 나의 사랑을 한다.

그는 그의 사랑을 한다.

내가 그를 사랑하고, 그가 나를 사랑할 뿐, 우리 두 사람이 같은 사랑을 하는 것은 아니다.

그 사실을 깨닫자 너무나 외로워 내 그림자라도 안고 싶어졌다.

05

뉴욕처럼 물가가 비싼 곳에서 유학생의 아내로 살려면 타고난 부자이거나 서울이었다면 쉽게 하지 않았을 아르바이트를 선택할 용기가 필요했다. 남편 역시 내 학비를 벌기 위해 틈나는 대로 아르바이트를 했다. 수업을 마치고 오후 4시부터 시작되는 아르바이트 때문에 그는 밤잠이 모자랐다. 우리는 점점 더 서로의 얼굴을 볼 시간을 잃어갔다.

처음에 나는 맨해튼의 코리아타운에 있는 설렁탕집에서 파트타임 웨이트리스로 일했다. 흥미로운 건 한국에선 본 적 없는 유명 연예인들이 뉴욕에만 오면 이곳에서 설렁탕을 먹는다는 사실이었다.

주말이면 아침부터 밤까지 손님들이 쉬지 않고 밀어닥쳤다. 고작 설렁탕 한 그릇 때문에 버지니아에서 몇 시간 동안 자동차를 몰고 온 사람도 있었다. 하지만 그들에겐 고작 설렁탕 한 그릇이 아니었던 건지도 모른다. 초창기 유학생 시절 내게 뉴욕의 냄새란 24시간 커다란 솥에서 부글부글 끓고 있는 사골 냄새였다.

온몸에 설렁탕 냄새가 밴 채로 24시간 운행되는 지하철을 타면 고단한 사람들의 얼굴이 하나둘 보였다. 저들 중 많은 사람이 나처럼 꿈을 안고 뉴욕에 온 사람들일 것이다. 커다란 가방에 몇 자루의 칼을 넣어 가지고 다니는 저 여자는 요리학교 학생일 것이고, 손목의 스냅을 이용해 자신의 무릎을 한없이 두들기고 있는 사람은 음악학교 학생일 것이다. 꾸벅꾸벅 졸거나, 책을 읽거나, 멍하게 광고판을 들여다보고 있는 사람들을 바라보며 멜랑콜리한 감정에 빠져들기도 했다. 얼마나 창의적인 작업을 할 것인가가 아니라 아르바이트를 할 시간에 공부를 한다면, 택시를 타고 집에 갈 정도의 돈이 있다면 얼마나 좋을까 따위를 생각하는 나 자신이 진저리 났다.

가장 기억에 남는 일은 맨해튼 어퍼이스트빌리지에 사는 금융가 집안의 여섯 살짜리 아이의 보모 노릇이었다. 여덟 명의 보모를 빠른 시간 안에 퇴짜 놓던 여섯 살짜리 아이가 무슨 기준으로 나를 선택했는지 상상이 가지 않았다. 아이는 자신이 가진 유일한 권력이 보모를 자르는 일이란 걸 알아차린 듯 내 얼굴을 바라봤다. 먹잇감을 눈앞에 뒀지만 자신은 이미 배가 부르다는 걸 선포한 아기 사자처럼.

아이의 아빠는 중년의 위기를 겪고 있는 전설적인 투자자였고, 이혼 후 멕시코 칸쿤에서 자신보다 스물여섯 살 어린 여자와 살았다. 여생을 그곳에서 목공 일에만 열중하겠다는 게 그의 마지막 말이었다.

"남자들은 어쩜 그렇게 단체로 상상력이 없을까. 고작 한다는 게 인조인간 같은 어린애랑 바닷가에서 목공 일?"

면접 내내 무표정했던 아이의 엄마는 일을 하기로 결정하자 내게 개인 사정을 털어놓기 시작했다. 자신의 아이가 선택한 사람이라는 게 그녀로선 가장 믿을 만한 사람을 만났다는 증거라도 되는 것처럼 말이다. 나는 그녀의 얘길 듣기만 했다. 대답도 최소한의 정보를 제공하는 것으로 대신했다. 나를 소개한 선배가 내게 강조한 것도 스스로에게는 물론이고 누구에게도 비밀을 발설할 것 같지 않은 '몹시 신중해 보이는 태도' 그 자체였다.

"아이를 임신했을 때 남편과 암스테르담에 있었어요. 스트레스가 너무 심해서 가끔 마리화나를 피웠는데 처음에는 죄책감이 들기도 했어요. 하지만 지금은 그것 때문에 애나에게 특별한 예술적 재능이 생긴 게 아닐까 싶어요."

누군가에겐 평생의 죄책감이 될 수도 있을 일을 그녀는 멋지게 회피했다. 그러나 자신의 아이가 피카소나 브레송 같은 위대한 예술가가 될 것이라 믿어 의심치 않는다는 점에서 그녀는 전형적인 보통의 엄마였다. 다만 이혼 후 아이에 대한 집착 때문에 오히려 불안정한 형태의 애정만 주는 악순환이 반복되는 것 같았다. 그 고리를 끊어야 했지만 누구나 그렇듯 그녀 역시 아이 앞에선 끝없이 실패만 거듭하는 엄마였다.

나는 한참을 물어뜯어 움푹 살이 올라온 애나의 손가락을 바라봤다. 여섯 살짜리 아이의 손가락과 발가락에는 무지개색 매니큐어가 칠해져 있었다.

"이게 뭐지?"

애나의 새끼손톱과 새끼발톱에는 너무 작아서 처음엔 점처럼 보였던 스누피가 그려져 있었다. 작게 그리는 것 자체가 예술로 보이는 크기였다.

"블루밍데일스에서 한 거야."

아이가 손가락 열 개를 펼쳐 보였다. 하얗고 작고 보드라운 손등 위에 선명하게 지나가는 실핏줄을 보다가 문득 저 손을 잡는 게 두려워졌다.

처음부터 일이 쉬운 건 아니었다. 내 아이를 낳고 싶다는 마음은 봄날 개암나무 눈빛을 가진 다른 여자의 아이가 나를 바라보는 순간순간 사라지기도 했다. 아이의 말수가 조금씩 늘 즈음 나는 애나에게 한국말을 가르쳐주었다.

"연두."

겨울나무에서 이제 막 돋아나는 새싹. 3월의 봄빛을 의미하는 한국말이 연두라고 아이에게 알려주었다. 순하고 여리게 말랑대는 색. 그래서 애나처럼 사랑스러운 연두라고 말이다.

"연두."

애나가 나를 바라보며 또랑또랑 발음했다. 스스로 생존할 수 없다는 걸 아는 아이들은 자신을 진심으로 사랑해주는 사람을 온몸으로 알아차린다. 애나는 내가 머리를 쓰다듬어주지 않으면 쉽게 잠들지 못했다. 나는 아이가 잠들 때까지 귓등과 머리칼을 한없이 쓸어주었다. 그렇게 애나를 재우면 코고는 달큰한 소리가 낭창한 햇살 아래로 흘러내렸다.

오수의 한때 회랑처럼 생긴 구조의 거실 사이를 걸으며 벽에 걸린 그림과 조각에 마음을 뺏기기도 했다. 요제프 보이스의 작품이 장식된 거실과 모딜리아니와 피카소의 그림이 나란히 걸린 식당 벽면을 바라보며 세 번의 계절을 넘겼다.

계절이 바뀔 때마다 바뀐 그림을 감상하던 마지막 가을, 휴가차 집에 온 애나 가족 중 한 사람과 얘길 나눴다. 애나의 엄마는 록밴드 출신의 돈 많은 새 애인과 라오스 여행을 준비 중이었고, 애나를 2주간의 서부 캠핑에 보내기 전 두 번째 결혼이 될지도 모를 중대사를 존과 상의하기로 했다.

존은 런던에 사는 애나의 외삼촌이었다.

애나의 외가가 유럽에서 오랫동안 출판업을 했다는 건 알고 있었다. 그는 언젠가 한국 작가의 책도 출판하고 싶다는 얘길 하다가 경주의 숲과 나무를 찍는 한 작가의 사진에 대해 말했다. 존은 옆으로 비틀린 채 자라나는 기이한 아시아 나무에 이미 마음을 빼앗긴 상태였다.

"그 작가를 알아보고 있어요. 맡기고 싶은 프로젝트가 있어요. 오랜 친구가 이름을 들으면 알만한 스페인 궁전의 숲을 관리하고 있어요. 그 숲의 사계절을 찍고 싶다는 얘길 버릇처럼 말하곤 했었죠."

존이 지나가듯 말했다.

"애나가 당신을 많이 좋아하더군요. 비결이라도 있나요? 전 꽤 많이 노력했는데 매번 실패했거든요. 애나는 제가 사는 런던이라면 경기를 일으킬 정도로 싫어해요."

"운전석 때문이에요."

나는 존을 바라보며 말했다.

“운전석?”

“위치가 다르니까. 반대잖아요. 현기증이 난대요.”

“설마…… 정말 그 이유예요? 게다가 우리 집안은 대대로 왼손잡이인데.”

“애나는 양손잡이예요.”

존이 크게 웃었다.

“제가 약간의 도움을 드릴 수도 있을 것 같아요.”

나는 망설이다가 그에게 전화번호 두 개를 건네주었다.

“이게 뭐죠? 근데 번호가 왜 두 개죠?”

“하나는 당신이 원하는 작가를 알 만한 아트 딜러의 전화번호예요. 그 사람을 통하면 일이 수월해질 거예요. 뉴욕에서 저작권 관련 일을 오래 했고 믿을 만한 사람이라고 알고 있어요.”

그때 아이가 다급히 내 이름을 부르는 소리가 들렸다. 또 무서운 꿈을 꾼 게 틀림없었다.

“서울에서 미술 관련 일을 한 거예요?”

“이곳에서도 틈나는 대로 전시 기획 일을 하고 있어요. 서울에선 큐레이터로 일했어요.”

“종일 고집스런 아이를 돌보면서?”

눈을 치켜뜨자 존의 미간에 굵은 주름이 생겼다.

"그럼 나머지 번호는 뭐죠?"

"그건 당신이 원하는 작가의 작업실 전화번호예요. 직접 전화를 걸면 그는 분명 당신을 엄청난 사기꾼 취급할 거예요. 인내심을 테스트해보고 싶으면 직접 전화해보세요. 하지만 굉장히 흥미로울 거예요. 작업만큼 대단한 사람인 건 분명하니까."

"수영! 당신이야말로…… 흥미롭네요."

애나의 울음소리가 점점 더 커졌다. 나는 애나가 있는 쪽으로 뛰듯이 달려갔다. 존이 내 이름을 부르는 걸 듣지 못한 채.

06

행운은 생각지 못한 곳에서 온다.

나는 성공한 것처럼 보이는 여자로 살았다.

그러나 이 문장은 바르지 않다.

나는 성공처럼 보이는 실패를 거듭하고 있었다.

그해 여름, 나는 다시 한번 임신에 실패했다.

07

남편은 축구를 좋아했다.

골을 넣고 선수들이 환호할 때 평소의 차분한 성격과 다르게 그는 주먹을 쥐고 어퍼컷을 날리며 환호했다. 그러나 그가 팀의 승리를 만끽하고 있을 때 나는 그와 기쁨을 함께할 수 없었다.

열아홉의 내가 처음 봤던 축구장의 낯선 풍경들 속엔 골을 넣은 선수가 아니라 머리를 감싸안은 채 카메라 밖으로 서둘러 달아나는 골키퍼와 공을 막지 못해 자책하는 상대편 수비수의 일그러진 얼굴이 있었다. 카메라 속으로 뛰어 들어가 괴성을 지르며 열광하는 선수들 뒤로 펼쳐지는 누군가의 괴로운 얼굴 말이다.

광고에, 드라마에, 온갖 상담 게시판에 넘쳐나는 사랑한다면 상대에게 빨리 마음을 고백하라는 말을 나는 납득하지 못했다. 누군가에게 마음을 고백한다는 건 이제부터 그 사람의 시간을 선점하고 싶다는 욕망을 발설하는 일이다. 나를 사랑한다는 남자의 말 앞에서 내가 처음 느꼈던 건 그러므로 당혹스러움을 넘어서는 두려움이었다. 예전의 내가 남편에게 그랬고 그때의 성주가 내게 그러했듯 먼저 사랑을 고백하라는 말은 내겐 그 사람의 시간을 빼앗아 가두라는 말로 들렸다.

"사랑해요."

성주가 내게 처음 마음을 고백했을 때도 그랬다.

"당신이 나를 사랑하지 않는다고 해도 상관없어요."

그는 떨고 있었다. 억울한 일을 당한 사람처럼 보일 만큼 이를 악물고 있었다. 그는 눈물을 흘리고 있었다. 성주의 마음은 알고 있었다. 그러나 감춰두었던 사랑이 고백의 형태로 선언되자 온몸이 굳어버리는 느낌이었다.

"저는 평생을 외롭게 살았어요. 한 번도 혼자가 아닌 적이 없었어요."

성주는 자신도 의식하지 못하는 사이에 거짓말을 하고 있었다.

08

"이 얘길 해야겠다고 생각한 건 질투심 때문이 아니에요. 그것만은 분명해요."

내게 성주의 아내에 대해 말한 건 함께 강의를 듣던 여자였다. 그녀는 자신이 하는 말에 긴 설명이 필요한 듯 나를 바라봤다.

"결혼이 미국 영주권을 위한 목적이 아니라 진실한 사랑 때문이었다는 걸 법적으로 증명해야 하는 남자가 있어요. 아마 그건 가장 숨기고 싶은 사적인 경험을 온갖 공식적인 서류들로 증명해야 하는 고통스러운 일일 거예요. 여전히 사랑하지만 남편이 다른 여자를 사랑하고 있다는 걸 깨닫고 그와 헤어져야 한다고 결심한 여자가 있어요. 그런데 만약 이혼소송 중인 남편이 이미 깨져버린 사랑이 진실한 사랑이었다는 걸 법적으로 증언해달라고 부탁한다면 마음이 어떨까. 남자의 변호사가 하루에도 몇 번씩 도움이 당연하다는 듯 끝없이 전화를 해댄다면."

그녀는 띄엄띄엄 느리게 얘기했지만 그 이야기가 말하는 건 한결같았다.

"남자와 여자. 두 사람 중에 누가 더 힘들고 괴로울까. 계속 그걸 생각했어요."

세계의 균형은 어떻게든 맞추어진다. 누가 선하고 누가 악하고, 누가 더 많이 울고 누가 더 많이 슬퍼했는지 따위 신경 쓰지 않은 채. 자연은 균형을 위해 많은 것을 스스로 파괴한다. 지진과 홍수, 기아, 전쟁까지도 인간의 이해 밖에 있는 자연의 계획인지도 모른다. 나는 이제 자연스럽다는 말이 물 흐르듯 상냥한 말이 아니란 걸 안다. 그것은 약한 사람은 일찍 죽고, 인간은 누구라도 병에 걸리며 자연사는 흔한 게 아니라는 뜻이다. 나는 이제 자연스럽단 말을 인간은 누구나 죽고 이별한다는 말로 이해한다. 우리가 모르는 이 세계의 균형을 위해 그러므로 사랑의 밀고자는 반드시 필요한 것인지도 모른다.

"어느 쪽이길 원해요?"

나는 그녀의 얼굴을 바라보며 말했다.

"더 고통받길 원하는 게 남자 쪽인지, 여자 쪽인지 지금 묻고 있는 거예요."

"그게 무슨 의미죠?"

여자가 내게 반문했다.

"내가 두 사람의 고통에 큰 영향력을 미칠 수 있다고 생각하고 온 거 아닌가요?"

"저는……."

"어느 쪽이 더 고통받길 원하는지 말해줘요. 누가 고통받아야 더 합당한 건지. 누가 이겨야 마땅한 게임인지."

나는 그녀의 얼굴을 한 번 더 바라봤다.

"정인 씨는 답을 알고 있는 거 아니었나?"

나는 그녀의 대답을 끈질기게 기다렸다.

"저는……. "

그녀는 주먹을 꼭 쥐고 있었다.

"성주와 당신이 에이스 호텔에서 같이 나오는 걸 봤어요."

정인의 눈에 눈물이 스미고 있었다.

09

《뉴욕, 낭인》에서 가장 눈에 띄는 작가의 작품은 정인의 사진이었다.

그녀의 사진 속 할머니들은 눈에 띄는 화려한 옷을 입고 손과 목에 여러 개의 반지와 목걸이를 걸고 있었다. 양산을 든 채 기모노를 차려입은 일본 할머니와 커다란 선글라스와 수선화가 달린 모자를 쓴 백인 할머니, 붉은색 립스틱을 칠한 아프리카 흑인 할머니……. 그녀들은 손톱 위에 진한 매니큐어를 칠하고 있었는데 화려한 색깔 때문에 자글자글 늘어진 손등의 주름은 더 과장돼 보였다.

햇빛이 강한 대낮에 플래시를 터뜨려 찍은 사진은 몽환적이었다. 사진의 검은 뒷배경은 할머니들이 어둠 속으로 서서히 사라져가고 있는 사람들이란 느낌을 주었다. 사진 속 할머니들의 극단적인 화려함은 노안, 정맥류, 백발과 난청, 이명을 짊어진 채 스러져가는 인간의 슬픔을 웅변했다. 그녀의 사진은 내게 죽은 시신을 아름답게 치장해 집 안에 장식품처럼 놓아두던 중세의 네크로필리아를 연상시켰다.

정인은 NYU 강의에서 사진을 전공하지 않은 몇 안 되는 학생이었다. 질문이 많은 학생도 아니었다. 그녀는 지나가는 말처럼 내게 자신은 문학을 전공했고 출판 관련 일을 했으며 뉴욕에 살다 보니 그림이나 사진을 보는 게 취미가 됐다고 말 했다. 그러나 정작 사진을 전공한 학생들보다 내 눈길을 가장 끈 건 정인의 작품이었다. 사진에 등장하는 할머니들의 변화하는 옷차림만 봐도 그녀가 최소 몇 년은 이 작업에 몰두했다는 걸 짐작할 수 있었다.

가장 흥미로운 건 할머니 연작의 제목이었다. 다른 작품들과 달리 영어 제목이 없다는 것도 특별했다. 제목은 〈알음〉이었다.

'알음'이 '앎'의 대체어인지, '앓다'의 명사형인지는 알 길이 없었다.

알다와 아프다.

안다는 건 아프다는 걸 말하고 싶었던 걸까. 제목을 바라보자 사진 속 할머니들의 화사함이 낡아가고 말라가는 고통을 감추기 위한 두꺼운 보호막 같다는 생각이 들었다.

뉴욕 지성계의 여왕 수전 손택은 세 종류의 암을 앓았다. 그녀의 대표작《타인의 고통》은 1998년 자궁암 선고를 받았을 때 구상한 것이었다. 암은 여러 번 재발하며 일생 동안 그녀를 편안히 놔두지 않았다. 수차례의 치료와 수술을 받으며 그녀에게 점점 '삶을 산다'는 '고통을 견딘다'라는 말로 추락했을 것이다. 그녀는 자궁암에 이어 골수성 백혈병을 얻었고, 마흔세 살 무렵에 다시 유방암 4기 판정을 받았다. 그리고 이 년 동안 고통스러운 방사선 치료를 견뎌가며 투병 중에《은유로서의 질병》을 썼다.

자신의 몸이 거대한 암 덩어리로 잠식되며 겪었던 고통은 무엇이었을까. 암을 겪어내면서 그녀는 왜 '나'의 고통이 아닌 '타인'의 고통을 말했을까. 어째서 '고통받는 육체가 찍힌 사진을 보려는 욕망은 나체가 찍힌 사진을 보려는 욕망만큼이나 격렬한 것'이라고 폭로했을까. 우리가 전쟁 사진을 보는 것이 전쟁의 실상을 바로 보기 위해서가 아니라 타인의 불행을 사랑하고 그들의 고통을 즐기기 위해서라는 불편한 진실

말이다.

너의 고통이 벌어지는 참혹한 현장과 내가 조금 더 먼 거리에 있을수록 나는 안도감을 느낀다. 누군가의 추락이 나의 상승을 의미하기라도 하듯 살아남은 자의 마지막 비겁함인 죄책감마저 그렇게 증발한다. 책에서 나는 타인의 고통에 반응하는 그녀의 감수성을 몇 개의 형용사에서 발견했다. 그중 내 눈에 밟힌 것은 이것이었다.

가슴이 미어질 듯한.

가슴이. 미어질. 듯한.

가슴이…… 미어질 듯……한.

이 문장을 읽었을 때 동공이 칼에 베인 것 같은 통증이 느껴졌다. 정인의 할머니 연작에서 나는 비슷한 아픔을 느꼈다. 몸 안에 보이지 않는 더듬이 같은 것이 있어서 그것이 연결되어 있는 느낌마저 들었다.

뉴욕에서 서울로 돌아오기 전, 나는 정인에게 한국에서 온 한 소설가의 낭독회에 관한 이야기를 해주었다. 그날 소설가가 낭독한 작품은 어느 날, 실종되듯 사라진 여자 친구를 찾기 위해 하와이와 알래스카를 포함한 미국의 오십 개 주를 낡은 소나타 자동차로 로드 트립하는 한 남자의 이야기였다.

남자는 캘리포니아, 뉴멕시코, 조지아 등 주의 경계를 넘을 때마다 실연의 기념품처럼 뒷면의 모양이 각기 다른 25센트짜리 동전을 모으기 시작한다. 운전 중에 들른 모텔과 바, 식당에서 받은 거스름돈과 그의 사연을 듣게 된 사람들이 쥐어준 25센트는 시간이 지날수록 그의 주머니에 쌓여간다. 어느새 그에게 주마다 다른 25센트 동전을 모으는 일은 사라진 여자 친구를 찾는 일만큼 중요해진다.

여행은 애초 그의 친구들이 예상했던 것보다 훨씬 오랜 기간 지속된다. 끝나지 않을 것 같은 그의 여행이 극적으로 반전되는 순간에도 그는 여전히 길 위를 달리고 있었다. 그러나 장시간의 운전에 지친 남자가 잠시 차에서 내려 나무 그늘에서 쉬려던 순간, 그는 한 번도 느껴보지 못한 기이한 무게감에 놀란다. 그것은 커다란 카고바지와 등산용 조끼 주머니가 터져 나갈 듯 쌓인 25센트짜리 동전의 무게였다.

왜 남자는 불편하게 주머니에 모든 동전을 넣고 다녔던 걸까.

소설 속 남자의 독백이 3페이지에 걸쳐 이어지는 동안, 그는 뉴멕시코의 한 사막에서 맥주를 서너 캔 마시고 주저앉듯 나무 그림자에 걸터앉아 주머니 속 동전을 하나둘 세어보기 시작한다. 그는 결국 백오십 개가 넘는 동전들 속에서 뒷면이 서로 다른 오십 개의 25센트 동전을 찾아낸다.

마침내 긴 여행을 끝낼 때가 온 것이다.

남자의 최종 도착지는 처음 로드 트립을 시작한 뉴욕의 그랜드센트럴역이었다. 하지만 얄궂게도 그는 그곳에서 사라진 애인이 다른 남자와 함께 살고 있다는 사실을 알게 된다. 남자는 그곳에서 주마다 모양이 다른 오십 개의 25센트짜리 동전을 역에서 구걸하던 한 노인에게 건네준다. 노인의 어리둥절한 표정을 뒤로 한 채 남자는 역 밖으로 사라진다.

이례적으로 《뉴요커》에 리뷰가 실린 이 소설의 제목은 〈25센트〉였다. 작가의 소설 낭독회는 타임스스퀘어에서 멀지 않은 에이스 호텔의 로비에서 꽤 큰 규모로 열렸다.

"소설가 친구의 낭독회에 다녀온 거예요. 에이스 호텔의 로비는 문학가들의 요람이니까."

나는 정인에게 말했다.

"전 성주가 그곳에 왔었다는 사실도 지금 알았어요."

정인이 참았던 숨을 몰아쉬듯 긴 한숨을 내쉬며 나를 바라봤다. 나는 그녀의 손을 잡았다. 그녀는 울고 있었다.

정인의 말이 옳았다.

내가 무엇인가를 안다고 말할 때,

그것은 늘 아프다는 뜻이었다.

10

아시아 태평양 이론물리센터에서 주최한 소백산 천문대 융합 워크숍에 초대받아 참석한 적이 있다. 2박 3일 천문대에 머무는 동안 다양한 분야의 예술가와 과학자 들의 세미나와 토론들이 이어졌다. 나는 천체 물리학자들과 미생물학자, 뇌과학을 공부하는 박사들 사이에서 프랙털이나 복잡계 이론 등 다양한 물리학 이론을 접합해 작업하는 몇 명의 미술작가들을 소개했다.

하지만 정작 내 관심을 끈 것은 영장류를 공부하는 진화학자들이었다. 그들은 교토대학에서 진행했던 침팬지의 기억력에 대한 다양한 실험 내용을 얘기해주었는데 특히 흥미로웠던 것은 20세기 초, 신경학자 찰스 셰링턴 경의 동물실험 일화였다.

하루는 실험을 마친 셰링턴 박사가 자유롭게 돌아다닐 수 있게 동물들을 풀어주고 실험실을 퇴근했다. 그것은 연구실 관리 규정 위반이었지만 20세기 초에는 가끔 일어나는 일이었다. 실험이 이어지던 어느 날, 셰링턴은 문득 실험이 모두 끝난 실험실 안에서 무슨 일이 벌어질까 궁금해졌다. CCTV가 없던 그 시절 박사는 간단히 꾀를 냈다. 평소 퇴근했던 대로 문을 닫고 나가는 척하고 다시 돌아와 열쇠 구멍으로 동물들이 무슨 행동을 하는지 염탐하기로 한 것이다.

셰링턴은 연구실 문을 닫았다. 그는 일부러 밖으로 나가는 발소리를 크게 냈다. 그리고 발꿈치를 든 채 조심스레 자신이 걸어왔던 문 쪽으로 다시 걸어와 숨을 죽이고 열쇠 구멍에 얼굴을 갖다 댔다. 그는 눈을 크게 뜨고 연구실 안의 동물들을 바라봤다.

"뭘 본 거야?"

사촌 여동생인 메이에게 나는 그 천문대에서의 이야기를 자주 들려주곤 했다.

"어서 말해봐!"

메이는 여름방학 동안 뉴욕을 떠나 잠시 서울에 머무는 중이었다.

“수영! 대체 박사가 뭘 본 거야?”

“커다란 눈이었어. 셰링턴 박사가 본 건 연구실 문 반대편 열쇠 구멍으로 자신을 들여다보고 있는 침팬지의 눈이었어.”

메이는 감탄도, 탄식도, 의문도 표시하지 않았다. 그녀는 뭔가 생각하는 듯 혼자 중얼거렸다.

“대단해! 침팬지도 셰링턴 박사가 이 방을 나가고 나면 뭘 하는지 궁금했던 거야. 좋아하는 사람의 일상이 알고 싶었던 거지. 매일 그렇게 들여다봤을 거야. 박사가 나갈 때마다 그 작은 문구멍을 통해서.”

관음은 호모 사피엔스만의 중독 현상이 아니다. 침팬지조차 누군가의 숨겨진 일상을 궁금해한다. 인터넷은 바로 인간의 관음증을 바탕으로 설계된 세계이다.

그러므로 성주가 나에 대해 알아내는 건 어려운 일이 아니었을 것이다. 우리는 구글을 통해 몇 단어만 검색해도 서로를 찾을 수 있는 세계에 살고 있었다. 그가 서울에 있는 학교로 편지를 보낸 것도 그런 이유였을 것이다. 나는 편지에 찍힌 신촌 우체국 날인을 오랫동안 바라보았다. 학교에서 멀지 않은 곳에 그가 있었다. 서울과 뉴욕에서 전시를 계획 중이란 얘기는 편지의 말미에 있었다. 시카고에서 개인전을 마쳤고 처음으로 자신의 사진을 갤러리가 아닌 개인 컬렉터에게 팔았다는 소식도 있었다. 보고 싶다거나 그립다는 말은 없었다. 편지의 마지막 말은 이것이었다.

잘
지내지
말아요.

"한국에 가면 수영이 말한 소백산 천문대에 꼭 한번 가보고 싶어."

메이는 내게 박사를 훔쳐보던 침팬지가 마치 천문대 안에 살고 있는 것처럼 말했다. 그즈음 나 역시 별이 보고 싶었다.

메이와 자동차 여행 대신 청량리역에서 기차를 타고 희방사역에서 내려 다시 천문대로 올라가는 버스를 갈아타는 긴 여정을 선택했다. 그녀에게 서울이 아니라 지방의 소도시를 보여주고 싶은 마음도 있었다. 소백산 휴게소의 평상 위에 앉아 메이와 마를 갈아 넣어 만든 주스를 나누어 마시기도 했다.

"이걸 마시면 기운이 날 거야."

나는 메이에게 남아 있는 마 주스를 더 부어주었다.

소백산으로 올라가는 길은 험했다. 비포장된 산길을 달려 천문대에 도착했을 때 머리가 아팠다. 높은 고도 때문이었다. 천문대는 천체 관찰을 위해 고지대에 위치해 있다. 천문대 안에는 산소 부족으로 인한 부작용에 대비해 호흡기가 설치되어 있다. 천문대 사무실에 비치된 커피믹스는 빵빵하게 부풀어 있었다. 천문대장의 말을 듣고 나는 두통약 두 개를 삼켰다.

그날 밤 나는 메이와 함께 별을 기다리며 천문대에 소장된 일지들을 읽었다.

1989년 9월 23일.

강숙희. 최래현

국립 천문대.

직위: 연구사

K.N.A.O PHOTOMETER 부착 및 BALANCE CHECKING

RAINY DAY

NOTHING

천문학자들은 별이 잘 보이지 않는 날에도 천문대 규정상

새벽 2시까지 별을 기다린다. 윤동주의 시에 나오는 '바람에 별빛이 스치우는 날'이 시상視像이 가장 안 좋은 날이다. 천문학자들에겐 그날이 별은 크게 보이지만 분석하면 늘 결과가 좋지 않은 날이란 뜻이다. 그러니까 그들에게 더 좋은 날은 구름이 끼고 비 오는 날이다. 그런 날은 관측을 일찍 포기하고 잠을 잘 수 있기 때문이다.

이십오 년 전 두 명의 젊은 천문학자들은 비 오는 밤하늘 아래에서 별을 기다리며 무엇을 생각했을까. 시인에게 밤하늘의 별이 그리움이라면 천체 물리학자들에게 우주의 별들은 무엇을 뜻할까.

별에 대해 내가 알고 있는 가장 아름다운 말은 우리 모두가 별의 일부라는 말이다. 우리가 보는 별은 사실 과거의 별이다. 그러니까 별빛을 본다는 건 시간을 되돌린다는 말이고, 아득하게 먼 과거를 가만히 들여다본다는 말과 같다. 별빛은 오래전 우리의 부모와 조부모와 그들의 부모조차 태어나기 훨씬 전에 출발했기 때문이다.

그제야 나는 내가 왜 그토록 별을 보고 싶어 했는지, 소백산의 천문대까지 올라가 왜 그 많은 별들의 꼭짓점을 헤아려 보고 싶었는지 이해할 수 있었다. 어쩌면 나는 사랑했지만 그 사람과 헤어질 수밖에 없었던 시간 전으로 상황을 되돌리고 싶었던 건지도 모른다. 슬픔이 덜 존재했던 시절로, 사랑만으로 뭐든 해낼 수 있다고 믿었던 시간으로, 나의 쌍둥이들이 살아 있던 그 시간으로, 나와 남편, 성주와 마리, 정인, 애나, 그 누구도 아프지 않고 마음을 나눌 수 있었던 시간으로 말이다. 별을 바라보는 동안만큼은 우리는 언제라도 연결되어 있다는 사실 때문에 높은 곳에 올라 하늘의 별을 헤아려보고 싶었던 건지도…….

"와! 정말이지……."

메이가 나를 바라보았다.

"별이 하나도 보이지 않네. 별이 아니라 꼭 구름을 보러 온 것 같지 않아?"

별은 짙은 구름 속에 잠겨 있었다. 반지 같은 거대한 테두리에 둘러싸여 남자가 여자에게 보여주면 100퍼센트 청혼에 성공한다는 목성 역시 보이지 않았다. 실망하는 여자 둘 사이로 함께 별을 관찰하던 한 남자가 웃으며 말했다.

"기다리면 지나가요."

그는 구름이 곧 걷힐 것이라고 말했다.

그러니까 별이 그곳에 없는 건 아니었다. 구름은 사라지고 비는 그치고 눈은 잦아들고 바람은 지나갈 것이다. 별은 늘 그곳에 있다. 다만 별은 우리가 그곳에 있다고 생각하는 그 순간, 이미 그곳이 아닌 다른 곳으로 흐른다.

"머무는 건 없어요. 늘 제자리인 것 같지만 끊임없이 움직이고 있거든요. 별도 그래요. 별의 좌표도 계속 바뀌거든요. 그러니까 우린 전부 다 지나가는 중인 겁니다."

11

메이는 예정보다 서울에 며칠 더 머물렀다.

뉴욕으로 돌아가기 전, 그녀는 내게 선물 두 개를 내밀었다.

하나는 내 얼굴을 찍은 사진이었고 다른 하나는 핑크색 리본으로 단단히 봉인된 상자였다. 천문대에서 돌아온 후 메이는 정신없이 서울에서 몇 주를 보냈다. 돌아가기 전 점심을 먹다가 그녀는 뉴욕으로 돌아가면 집을 정리하고 곧 포틀랜드로 이주할 계획이란 말을 꺼냈다.

"이제 뉴욕이 지겨워졌어. 이 정도면 충분하단 생각이 들어."

"충분하다?"

"오사카에서 태어났는데도 오 년 이상 그곳에 머문 적이 없잖아. 근데 뉴욕에는 너무 오래 있었어. 예술가는 한곳에 너무 오래 머물면 안 되는 거잖아."

"그런가?"

"집주인이 렌트비를 또 올리겠대! 망할 구두쇠! 샤워하다가 갑자기 찬물 나오는 것도 이제 지겨워!"

"숲이 많은 아름다운 곳이니까 너랑은 정말……."

"안 어울리겠지?"

메이가 내 말을 끊고 웃었다.

"그곳에 새로 생긴 예술가들의 공동체가 있는데 맘에 들어. 최근에 룸메이트랑 답사도 끝냈어. 그 친구는 그곳에서 사진을 찍으면서 소설을 쓸 거래. 그 친구가 글을 쓰고 싶어 한다는 걸 이 년 넘게 전혀 모르고 있었어. 그 애가 '나 소설을 쓸 거야! 정말 쓰고 싶은 게 생겼어'라고 말할 때 뭔가 근사하게 느껴졌어. 이전과는 다른 사람 같달까. 어쨌든 모두에게 새로운 인생 2막이지."

"축하해."

"수영도 놀러 올 거지?"

"응. 요즘 예술가들, 포틀랜드로 많이 떠나는구나."

"나 유행에 민감하잖아."

메이가 나를 바라보다가 잠시 말을 멈췄다.

"사실 이걸 전해줄까 말까 고민이 많았어. 상자를 열어보면 내가 왜 고민했는지 이해할 거야. 하지만 결국 전해줄 수 있게 되어서 기뻐. 진심이야!"

메이는 선물 상자를 건넨 사람의 이름은 비밀이라고 했다. 내게 선물을 전달하는 이유도 내가 비밀을 잘 지키는 사람이기 때문이라고 했다. 언제나 이해하기 힘든 말을 하는 엉뚱한 사촌이었지만 이번만큼은 조금 더 풀기 복잡한 말을 전했다.

남자 스웨터 = 여자 스웨터 + 아기 모자 둘

메이가 뉴욕으로 돌아간 뒤 밤늦게 남아 있던 연구실에서 메이가 건넨 상자를 열었다. 상자를 열자 따뜻한 베이비파우더 냄새가 났다. 상자 속에는 두툼한 모자가 두 개 들어 있었다. 모자 위엔 루돌프 사슴코 같은 빨간색 방울이 달려 있었다. 나는 모자를 한참 바라봤다.

창문을 열었다.

내게 봄은 언제나 벌써 오거나 아직 오지 않는 계절이었다. 내게 겨울은 이미 와 있거나 아직 가지 않은 계절이었다. 올

겨울은 따뜻할 것이란 기상청 예보가 있었다. 예고하는 것들은 언제나 틀리기 마련이지만 이번 겨울은 별로 춥지 않았다.

곧 입춘이었다.

지금은 봄 같은 겨울일까, 겨울 같은 봄일까.

열어놓은 창문으로 바람이 불어왔다. 아직 찬 기운이 느껴졌지만 상쾌한 느낌이었다. 나는 상자 속 모자를 바라보다가 동그랗게 주먹을 쥐었다. 그리고 상자 속 모자를 들어 올려 동그랗게 쥔 주먹 위에 조심스레 씌웠다.

하나는 오른쪽에,

하나는 왼쪽에.

두 개의 주먹은 꼭 잃어버린 쌍둥이들의 자그마한 머리통 같았다.

문득 차가운 것이 뺨 위에 내려앉았다. 하늘을 올려다봤다. 눈이 내리고 있었다. 가만히 눈 냄새를 맡았다. 눈은 포근히 가라앉고 있었다.

1월 26일.

올해의 첫눈이었다.

작가의 말

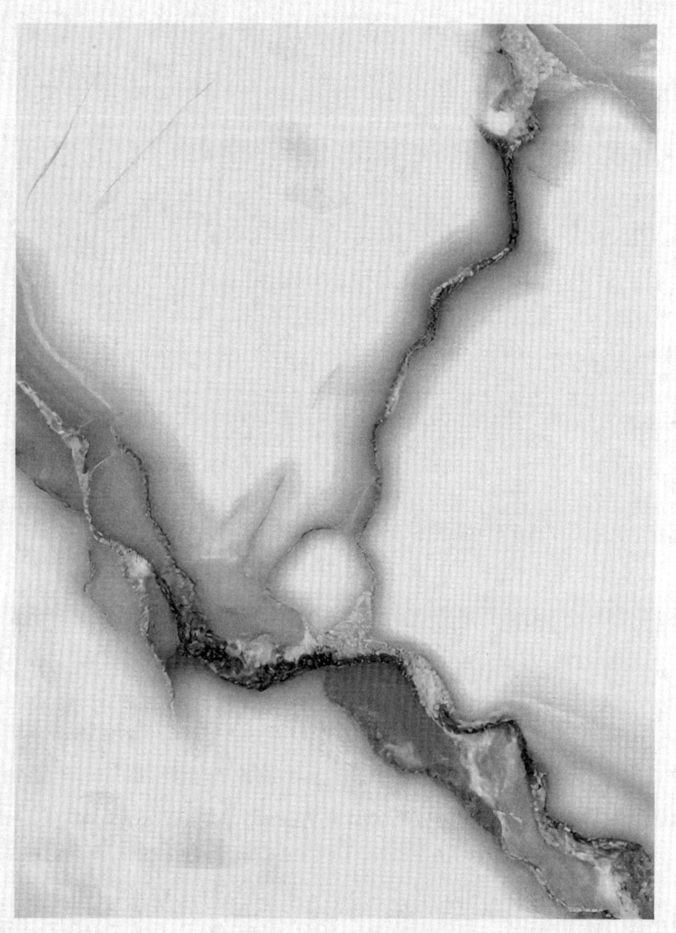

실패로 끝난 누군가의 사랑 이야기는 아무리 길어도 귀 기울여 듣게 된다.

물거품으로 사라진 인어공주 이야기, 발목을 자르기 전엔 끝나지 않는 춤을 추게 될 분홍 신의 여자아이와 어린아이들을 잡아먹는 할머니가 등장하는 안데르센의 동화들……. 내 마음을 잡아끄는 건 언제나 그런 이야기들이었다.

이천 개가 넘는 연락처를 가지고 있지만 단 한 사람에게도 자신의 마음을 보낼 곳 없던 사람들, 크리스마스이브에 텅 빈 집으로 혼자 들어가고 싶지 않아 공중전화에서 자신의 전화기에 "안녕! 나는 너를 좋아해. 메리 크리스마스!"라고 말해 본 적 있는 사람들, 누군가의 따뜻한 손이 그리워 손이 예쁜 여자의 얼굴을 유심히 바라본 적 있는 남자들, 남자에게 상처받아 결국 여자를 사랑하게 된 여자들, 항상 모든 일이 끝난 후 잠들기 전 침대에서 대답을 생각해내고 힘들어하는 사람들과 헤어지는 순간 "그런데 넌, 나를 사랑하긴 한 거니?"라고 되묻는 사람들 말이다. 그런 사람들이 언제나 내 마음을 흔들었다.

경계선 위에 존재하는 것들, 사이에 있어 쉽게 사라지는 것들, 말하지 못한 고백과 작심삼일처럼 자주 변하는 말들, 핸드폰이나 우산처럼 종종 고장 나고, 자꾸만 잃어버리고, 다시 사게 되는 것들, 진심으로 부르다 나는 노래의 삑사리, 답장을 받지 못한 편지들……. 내가 본 실패에는 늘 아름다움이 있었다. 그래서 나 스스로를 이렇게 정의하길 좋아했던 건지도 모른다.

위대한 예술가가 되고 싶었지만
끝내 될 수 없었던 사람.

매일매일의 H에게 고마움을 느낀다. 이 소설은 그가 없었다면 결코 끝내지 못했을 것이다. 누군가의 가장 예쁜 시절을 기억하고 있는 사람이라면 그 사람이 어두운 터널을 건너고 있을 때, 반드시 그 순간을 증언해야 한다고 배웠다. 작지만 눈부신 그 빛으로 참혹한 어둠을 견딜 수 있도록. 나는 그것이 친구의 존재 이유라고 믿는다. 그는 삼십 년 넘게 내게 그런 친구가 되어주었다. 나 역시 그에게 그런 사람이고 싶다.

그러나 무엇보다 당신에게,

지금 이 순간,

뜨겁고 차가운 이 책을 손에 쥐고,

넘기고 읽고 있을,

당신에게.